桑/德/堡/诗/选

[美] 卡尔·桑德堡 ——— 著

邹仲之 ——— 译

上海译文出版社

目 录

剥玉米的人（1918）

烟与钢 （1920）

太阳暴晒的西部石块（1922）

早安，美国（1927）

人民，是的（1936）

新篇章（1950）

编者前言

　　卡尔·桑德堡的一生堪称美国精神的完美体现。1878 年，他出生于美国中西部伊利诺伊州一个穷困潦倒的瑞典移民家庭，似乎注定要同他的父辈一样，在艰辛、挣扎与无知中了却一生；而 1967 年，当这位三次荣获普利策奖，被称为美国当代文学丰碑的伟大诗人、传记作家最终去世时，时任美国总统林登·约翰逊给与了他最高规格的褒奖："卡尔·桑德堡不仅仅是美国之声，不仅仅是代表美国力量与天赋的诗人。他就是美国。"桑德堡同他的先辈沃尔特·惠特曼一道，共同定义了何谓用美国语言书写的、体现美国精神内核的美国诗歌。

　　不论是从生活经历、社会背景还是创作动因上看，桑德堡都堪称惠特曼的传人。惠特曼出身于农夫与木匠之家，而桑德堡则是铁匠之子；惠特曼 11 岁离校，而桑德堡则 13 岁辍学，开始了在城市最底层艰难谋生的打工生涯；惠特曼在美国内战期间前往战地医院义务工作了四年，亲眼目睹了战争的血腥与死亡，而桑德堡同样在美西战争期间应征入伍，前往波多黎各参战。但两人之间最具深意的一条纽带或许要数他们对于林肯的共同热爱了。在惠特曼眼中，林肯是一个道义与公正的楷模，平民精神的旗手，废奴者与解放者，合众国的拯救者，在林肯遇刺后为他写下了四首动情的挽歌；而桑德堡更是以一种近乎痴迷的执着为林肯写下了前后六卷传记，并因此获得了1940 年度普利策历史奖。

　　与他的先辈具有如此之多的相似之处，桑德堡的诗歌自然而然地从一开始就具有一种鲜明的惠特曼气质。同惠特曼一样，他摒弃精致、造作的欧洲式语言，选择用粗犷、有力，有时近乎暴烈的美国俚语来写就他的人民诗篇，而这恰恰是被老欧洲文明所鄙视的美国式粗俗。桑德堡对于精英的自命不凡不屑一顾。他在诗中以不加掩饰的嘲弄表明了自己的立场。对于欧洲老城中那些随处可见的国王铜像，他如此揶揄道：

> 在下雪的清晨一个国王喊了起来：——把我拉下来，放到
> 那些老太婆再也看不到我的地方，把我的青铜扔进烈
> 火，给跳舞的孩子做成项链。 　　　　（《街道太旧了》）

而在另一首诗中，他又不动声色地描绘了这样一组对比：

> 一个工人躬着背推着送煤车走过，冰柱的水滴在他的帽檐
> 上，冰裹着大块的煤，在斜雨中旅店灰蒙蒙。
> 我们把脚上的羊毛拖鞋靠近散热器，接着写诗，写英雄兰
> 斯洛特和英雄罗兰，以及所有那些流金岁月里在雨中
> 骑马的男人。 　　　　　　　　　　（《雨中马和人》）

在底层民众中间成长、谋生，又从底层民众那里汲取了语言活力的桑德堡，自然对于被侮辱和被损害的社会底层抱有一种发自骨髓的同情与认同。在这一点上，他与惠特曼展现出了美国平民精神的两张面孔。惠特曼同样认同强健有力的普通劳动者，但他在诗中更多展现出的是一种美国传统的平等主义与民主精神，一种不论贫富贵贱，张开臂膀拥抱所有人的宽容，一种人类大同的兄弟情谊；而桑德堡的诗中则体现了明白无误的阶级意识。对于"骗子"、"银行家和高高在上的人"（桑德堡似乎格外厌恶银行家），他毫不掩饰自己的愤怒和鄙夷。他的某些最为直白的诗句因而读起来就像是社会主义的热烈宣言：

> ……我最好的东西被吸干浪费。我忘了。给我的没有别
> 的,只有死亡,我被支使去干活,交出我的一切。我
> 都忘了。
>
> ……
>
> 当我,人民,学会记住,当我,人民,用昨天的教训,不
> 再忘记是谁在去年掠夺了我,是谁把我当傻瓜耍
> 弄——那时候全世界就不会有哪个人说到"人民"这
> 个名字时,敢带半点轻蔑的口气和嘲笑的神情。
>
> (《我是人民,是草根》)

而桑德堡早年也确实是一个社会主义者,曾经加入美国社会民主党,并为威斯康星州密尔沃基市的社民党市长担任了两年秘书。惠特曼与桑德堡这两位平民诗人在政治倾向上的差异也恰恰反映了美国乃至整个世界从 19 世纪下半叶到一战前后这几十年间所经历的历史与社会巨变。

与惠特曼一样,桑德堡的许多诗篇也是献给美国土地与人民的颂歌。但与惠特曼笔下那种毫无保留的昂扬乐观,接纳美国的一切,讴歌美国登上世界之巅的"昭昭天命"有所不同,桑德堡的赞美诗中潜藏了一种世事无常的虚无主义与一切终将化为尘土的悲观暗流:

> 西班牙、罗马、希腊、波斯,它们的老枪、长矛、弩炮、
> 舰船,轮流领导了世界文明——
>
> ……
>
> 它们一个接一个不再坐在世界的巅峰——现在年轻的陌生
> 人是山姆大叔,是美国,歌里唱"星条旗永不落!"
> 其实"永远"只是一长段时间。 (《早安,美国》)

而在向年轻的美国问早安的同时,他似乎也已经预见到了

美国的黄昏：

> 早安，美国！
> 早晨伴随早晨的辉煌行进！
> 鼎盛的中午、下午，行进！
> 暮色，日落，天黑了——
> 是时候写下：晚安，美国！
> 晚安，睡眠，宁静和美梦！

而最终：

> 四骑士将再次在苦难的尘土里骑行，
> 伟大国家的粮仓将成为硕鼠的食物，
> 流星将在天空书写新的文字。

（同上）

　　也许，桑德堡的这种敏感与悲观依然与他的政治观点有着某种千丝万缕的联系：最初的拓荒者们用生命和血汗"和大自然搏斗"，"把整个国家摆上了地图"，换来的却是"富得流油"的"猪猡"与"蠢猪"们的一场饕餮盛宴。

　　行文至此，我们似乎已经审视了围绕着桑德堡与他的前辈惠特曼的几个最醒目的标签，但标签终究只是标签，而诗人是无法用标签定义的。而且，一个最重要的问题依然没有得到解答：究竟何为体现"美国精神"的诗歌？平等主义、平民精神、颂扬劳动、社会正义、爱国主义……这些标签并不是美国所独有的，甚至并不发源于美国。如果说惠特曼表达了对美国无保留的赞美，那么桑德堡的情感则要微妙得多。而考虑到林登·约翰逊对桑德堡做出至高评价的历史背景，考虑到当时冷战高潮期资本主义与共产主义意识形态上的严重对立，他的诗歌究竟体现了怎样的美国精神，能够让时任美国总统毫无顾忌地宣称这个曾经的社会主义者"就是美国"？其实，只需翻开他的《芝加哥诗集》的第一页，我们就能对这个问题有一个直观的体会：

> 给全世界宰猪的、
> 造工具的、垛麦子的、
> 跑铁路的、搞全国船运的人，
> 粗暴，强壮，吵闹，
> 宽肩膀的城市；

"宰猪的"——脱离了美国的历史文化语境，脱离了自惠特曼以降的美国诗歌传统，我们几乎无法判断这个粗俗的称谓究竟是一种轻蔑的贬损还是骄傲的褒扬。但这节诗所流露的却是一座充满活力的美国城市，乃至美国民族的一种确定无疑的自我认知："粗暴、强壮、吵闹、宽肩膀"。在中西部那片除了广袤的荒野与凶险的自然（还有印第安人……）之外一无所有的土地上，在这片没有国王主教也没有祖上荫庇，一片空白的新大陆上，优雅、尊贵、血统全都失去了意义，这个年轻的民族能够倚靠和信赖的只有自己的臂膀。以数代人毕生的垦拓、劳作、战斗与死亡为代价，以无数先驱者的白骨为地基，铁路横贯大洲，城市从无到有，大楼拔地而起，蛮荒化作文明。这不是一种政治语境下的"劳动最光荣"，不是对于抽象意义上"劳动人民"的美化与拔高；这是一种美国民族自持的历史记忆，以及每一个个体对于自我奋斗的信仰源泉。而对于所有那些用自己的双手创造了美国的男男女女，不论他们活着还是死去，桑德堡的诗句都既是赞美，又是祭奠：他们的灵魂融入了那些因为他们而升起的摩天大楼：

> 白天摩天大楼在烟雾和阳光里隐隐出现，它有灵魂。
> ……

一个从大梁上跌下摔断了脖子的人——他还在这里——他
　　的灵魂进入了大楼的石头。　　　　　　（《摩天大楼》）

他们的血注入了成为工业骨骼的钢铁：

以人的血和烟囱的墨
浓烟滚滚的夜写下它们的誓言：
烟化入钢，血融入钢；
在荷姆斯台、伯莱多克、伯明翰——他们拿人炼钢。
烟与血混合入钢。　　　　　　　　　　（《烟与钢》）

　　而这一个个无名的美国人，也正因为桑德堡的诗篇而得以
不朽。

芝加哥诗集
Chicago Poems
1916

卡尔·桑德堡

1878. 1. 6—1967. 7. 22

芝 加 哥

给全世界宰猪的、
造工具的、垛麦子的、
跑铁路的、搞全国船运的人，
粗暴，强壮，吵闹，
宽肩膀的城市①：

他们告诉我你很缺德，我信他们，因为我看见你浓妆艳抹的娘
　　们在煤气灯下勾引乡下小子。
他们告诉我你很邪门，我答：是呀，是真的，我看见持枪歹徒
　　杀了人，逍遥法外，又去杀人。
他们告诉我你很野蛮，我回答：我看见了在女人和孩子脸上露
　　出野性的饥渴。
说完我再次转身冲着那些嘲笑我的城市的人，我把嘲笑还给他
　　们，对他们说：
来，显给我看，还有哪个城市扬着头这么得意地唱，这么活
　　跃、粗犷、机灵、健壮。
干活呀干活呀，边干边发出招人听的咒骂，这可是位人高胆大
　　的拳击手，和那些弱小的城市对照鲜明；
凶得像条狗，吐着舌头准备出击，狡猾得像个麻脸的野人，和
　　荒野对抗，
　　光着头，
　　挥铁锹，

---

① 芝加哥又别称为世界屠猪城（Hog Butcher for the World）、巨肩之城
（City of the Big Shoulders）、劳动之城（The City that Works）。

搞破坏，

搞计划，

建呀，毁呀，再建呀，

烟雾底下，他满嘴灰尘，敞着白牙大笑，

在命运的重压下，他笑得像个年青人，

笑得简直像个从没吃过败仗的天真战士，

吹牛呀，笑呀，他的脉搏在手腕里跳，人民的心在他胸膛里跳，

        笑呀！

笑呀，粗暴、强壮、吵闹的年青人，光着膀子淌着汗，得意自
    己是宰猪的、造工具的、垛麦子的、跑铁路的、搞全国船
    运的人。

平　民

我在山间游历，看到蓝色的雾和红色的悬崖，感到惊诧；

在湖边，无穷无尽的潮水浩浩荡荡涌来，我无言站立；

在大草原的星空下看北斗七星倾斜在天际，我思绪万千。

伟大的人类，战争和劳动的盛况，士兵和工人，母亲托起她们
    的孩子——这全叫我感动，感觉到他们的庄严。

后来有一天，我真实地看到了穷人，几百万穷人，忍耐而艰
    辛，比悬崖、比潮水、比星星更加忍耐；无数的，像夜的
    黑暗一般忍耐——他们是国家被损毁的谦卑的废墟。

迷　航

凄凉，孤单

整个长夜航行在湖上
雾迷濛，烟漫延，
那条船的汽笛
不停地呼唤，呼啸
像个迷路的孩子
哭泣，苦恼
寻找港口的胸脯
港口的眼睛。

港　口

走过一堵堵乱七八糟丑陋的墙，
走过一家家门口那里有女人
极度饥渴的眼睛向外张望，
那些饥渴的手的影子像有鬼出没，
离开那些乱七八糟丑陋的墙，
在城市边缘，我冷不丁来到
一座湖，蓝得晃眼，
太阳下长长的波浪
在甩着浪花的弯曲湖岸摔得粉碎；
一股扑扇的海鸥的风暴，
一大片灰色的翅膀
和飞行的白肚子
在天空里自由地顺风盘旋。

工厂的门

　　你们永远不会回来。
当我看见你们走进那些门我说了声再见，
那些毫无希望的敞开的门吆喝、等待
然后带走了你们——多少钱一天？
给那些瞌睡的眼睛和手指多少钱？

我说再见因为我知道他们抽你们的手腕，
一滴一滴抽光你们的血，
在黑暗里，在寂静里，一天接一天，
你们还没有年青就变老了。
　　你们永远不会回来。

哈尔斯台德街车①

　　你过来，画家，
在早晨七点钟
在一辆哈尔斯台德街车上
在这儿跟我一起抓住吊环。

　　　拿起你的笔
　　　画下这些脸。

────────────

　　① 哈尔斯台德街（Halsted street），是芝加哥市内一条南北走向的主干街道。街车即公交车。

拿你的笔试着画下这些扭曲的脸，
站在犄角的那个宰猪的——他的嘴巴——
那个穿工装的工厂女孩——她松弛的腮帮子。

　　给你的笔
　　找个法子标出你记住的
　　那些疲倦空虚的脸。

　　他们一觉醒来，
　　早晨潮湿
　　又清凉，
　　　那些脸
　　疲倦得没了希望，
　　空虚得没了梦想。

克拉克街桥①

脚践起灰尘
车轮扬起灰尘，
车流人流滚滚，
整天是脚和车轮。

这会儿……
……只有星星和雾
一个孤单的警察，
两个卡巴莱舞女，

----

① 克拉克街桥(Clark street bridge)，位于芝加哥市中心的芝加哥河上。

又是星星和雾，
不再有脚和车轮，
不再有灰尘和马车。

　　钞票的声音
　　滴血的声音
　　…………
　　心碎的声音，
　　……唱歌的声音，歌唱，
　　……银子般的声音，歌唱，
　　比星星还温柔，
　　比雾还温柔。

地　铁

下到两堵阴暗的墙之间
那里坚守铁的法则，
　　模仿欲望的声音。

疲惫过往的人们
耸着谦卑的肩膀，
　　把他们的笑声甩入艰辛。

叫卖鱼的

我认识一个麦克斯维尔街的犹太鱼贩子，他的嗓子像一月的北风吹过地里的玉米茬儿。

他在预期的顾客面前晃动一条鲱鱼，洋溢着一种和巴甫洛娃跳
　　舞时一样的快乐①。

他脸上的神情显得他特别高兴卖鱼，特别高兴上帝创造了鱼，
　　对他来说，可以把顾客也当成他从手推车里拎出来的鱼。

幸　福

我请教生活哲理的教授，告诉我什么是幸福。

我去问著名的经理人，他主管几千人的工作。

他们都摇头，朝我一笑，似乎我在戏弄他们。

后来一个星期天下午，我沿着迪斯普雷尼斯河闲逛，

我看见树下一伙儿匈牙利人和他们的老婆孩子，喝一小桶啤
　　酒，拉手风琴。

挖　泥　工

二十个人站着看那些挖泥工。

　　他们铲着沟壁

　　那儿的黏土闪着黄光，

　　为了新的煤气管道

　　他们把铁锹刃铲进得越来越深，

　　他们用红手帕

　　　　擦去脸上的汗。

————————

① 巴甫洛娃（Anna Pavlova，1881—1931），俄国著名女舞蹈家。

挖泥工干着……停下来……从泥坑里
拔出他们陷进去的靴子。

　　二十个观看的人里
十个悄悄说："哦，鬼才干这活儿，"
另外十个说："我倒想干干这差事。"

优雅之地

一个百万富翁的坟墓，
一个好几百万的富翁，女士们先生们，
他们每年花两万五千块钱
　　用鲜花装点、维护
这个死人待的地方，
好让对死者的记忆保持新鲜。
那个商业大亨归于尘土了，
在他写下的最后的遗嘱里
在署名的上方他要求
留出两万五千块钱
买玫瑰花、丁香花、绣球花、郁金香，
让芬芳和色彩，亲切的记忆
围绕他最后长住的家。

（一百个女出纳想要五分钱硬币今晚上电影院。
一百个酒吧里的后座上，女人在桌子边
陪男人喝酒，等着男人掏出他们口袋里叮当作响的银元①。

---

① 银元(silver dollar)，指用银或其他白色金属铸造的面值为1美元的硬币。

一百家装修漂亮的房间里，都有个女孩卖丝绸、皮革、服装，
　　　一礼拜的薪水是六块。
女孩在早晨拉上她的长筒袜，她才不在乎上帝、报纸和警察，
　　　不在意她故乡的议论、别人管她叫什么。）

罗马人的后代

意大利护路工坐在铁轨上
吃有面包和腊肠的午餐。
　　　一列火车呼啸而过，餐桌上
　　　摆着新鲜的红玫瑰和黄色水仙花，
　　　男男女女享用淌着棕色肉汁的牛排，
　　　草莓和奶油，点心和咖啡。
意大利护路工吃完了干面包和腊肠，
在卖水的人那里拿长柄勺喝了水，
回去接着干他一天十个钟头的另一半。
他要维护路基，要让餐车里
桌上的雕花玻璃瓶立稳了，
玫瑰花水仙花纹丝不动。

玛　格①

天啊，但愿我从来没见到你，玛格。
但愿你从来没辞掉工作来陪我。

———————————
① 玛格为玛格丽特的昵称。

但愿我们从来没有在那天买了结婚证，
为你买了白婚纱，跑去找牧师，
告诉他说我们会永远相亲相爱、相互照顾，
就像太阳月亮天长地久。
真的，现在但愿你住在远离这儿的地方，
我这个贪杯的懒鬼已经在千里外死去。

　　我但愿孩子们从没有出生，
　　没有要付的房租、煤和衣服，
　　没有杂货店伙计来催账，
　　每天要花钱买豆子和梅干。
　　天啊，但愿我从来没见到你，玛格。
　　但愿孩子们从没有出生。

工作的姑娘

工作的姑娘早晨去上工——她们一溜溜儿地走在市区的店铺和
　　工厂中间，几千人胳肢窝下夹着用报纸包的午饭，像块小
　　砖头。
每个早晨我在这年青姑娘的河里走过，我感觉生命是个奇迹，
　　它都会流去哪里，她们身上展现出如此富有的花样年华，
　　红嘴唇笑盈盈的，眼里还闪着昨夜跳舞、游玩、闲逛的
　　记忆。
绿色和灰色的人流在一条河里肩并肩走过，这里永远有不同的
　　人，那些走过的人，那些女人知道她人生赌博的每一种结
　　局、意义和暗示，该怎么应付跳舞、那些搂着她们腰肢的
　　胳膊、那些在她们秀发里游戏的手指。
走过的脸孔上写着："我什么都知道，我知道青春和欢笑走向哪
　　里，我记得，"这些人脚步放慢了，别人有美貌，她们有

智慧。

就这样在市区清早的街道上流动着绿色和灰色。

玛　米

玛米绞尽脑汁想要冲破一个印第安纳小镇的束缚，梦想在火车
　　跑过的什么地方做件浪漫的、轰轰烈烈的事情。

她能看到火车头冒的烟消失在了太阳底下钢轨闪光的地方，从
　　早晨邮递的报纸里她知道远处有个大大的芝加哥，所有的
　　火车都在那儿跑。

她厌倦了那些理发店的小伙子、邮局里的饶舌、教堂里的闲
　　话、国庆日和圣诞节乐队演奏的老曲子，

她为自己的命运哭泣，绞尽脑汁要冲破束缚，她打算自杀，

那时她冒出个想法，要死不妨在芝加哥街头为件浪漫的事儿苦
　　斗而死。

现在她在"波士顿商店"的地下室里有份工作，一周挣
　　六块①。

即使现在她还是像老样子绞尽脑汁想要冲破束缚，想着是不是有
　　个更大的地方，开出芝加哥的火车都往那儿跑，那儿也许有

　　　浪漫

　　　轰轰烈烈的事情

　　　真实的梦

　　　永远不会破碎。

———————————

① 　波士顿商店，1869 年创立于芝加哥。

个　性
一名鉴定科的警方记录员的沉思

你爱过四十个女人，可你只有一根拇指。

你过着一百种秘密生活，可你按手印的只有一根拇指。

你转遍了世界，参加了一千场战争，赢得了世上所有的荣誉，
　　可当你回到家，你母亲给予你的那一根拇指的指纹，和你
　　离开故乡你母亲同你亲吻告别时的那根拇指的指纹，还是
　　一模一样。

从时间旋转的子宫里生出数百万人，他们的脚塞满了大地，他
　　们为了立足的空间割断彼此的喉咙，他们之中没有两根拇
　　指相同。

拇指们的伟大上帝存在于某个地方，他能讲述这内在的故事。

搞爆炸的革命者

在一家德国餐厅，我和一个搞爆炸的革命者一起用晚餐，吃牛
　　排和洋葱。

他笑着讲他老婆孩子的故事还有劳工和工人阶级的事业。

那是一个毫不动摇的男人的笑声，他知道生活是一桩丰富、得
　　有血性的事。

他的笑声响亮像海鸥快乐的叫声——它们展翅冲过暴风雨
　　飞行。

他的名字登在许多报纸上成为全民公敌，没有几个教堂或学校
　　的看守会给他开门。

作为一个搞爆炸的革命者，他吃牛排洋葱时只字不提他神秘的
　　白天黑夜的事。
我永远记得的只有他是位爱生活的人，爱孩子的人，爱一切自
　　由的人，随处开怀大笑的人——他还是位爱世界上的热血
　　心肠的人。

黑　人

我是黑人。
唱歌的，
跳舞的……
柔软得胜过棉花绒毛……
坚实得胜过黑土地
太阳里奴隶们的赤脚
拍打路面……
泡沫似的牙齿……迸发轰轰大笑……
女人血里有火热的爱，
翻筋斗的小黑孩儿有纯洁的爱……
弹拨的班卓琴发出懒洋洋的爱……
为了秋收的薪水，受驱使，流大汗，
高声笑着伸出一双大手，
握着工具的拳头特有韧劲儿，
睡着笑着梦见古老的丛林，
丛林里昂扬的生活，陶醉得像太阳像露水像雨滴，
沉思着咕哝着戴脚镣的记忆：
　　　　我是黑人。
　　　　瞧着我。
　　　　我是黑人。

帽檐下

匆匆走过的脚步
和着嗡嗡的喧声
敲打我的耳朵像刮风的海上
无休止的浪涛，
从一副脸孔钻出一个灵魂
扑向我。

眼像一座湖
暴风在那里漫步
它从一顶帽檐下
抓住了我。
　　我想起一艘海中遇难的船
　　青肿的手指死抠着
　　一扇破裂的客厅的门。

摩天大楼

白天摩天大楼在烟雾和阳光里隐隐出现，它有灵魂。
草原和山谷，城市的街道，把人群灌进里面，他们在二十层楼
　　里掺和起来，又倾泻回街道、草原和山谷。
那些整天给灌进去、泻出来的男男女女、姑娘小伙，是他们给
　　了大楼灵魂、梦、思想和记忆。
（被抛到海里的、定居在荒漠里的人，谁会关心那座大楼，叫
　　它的名字，向警察问路找它？）

电梯在缆索上滑行，邮箱接受信件和包裹，铁管子把煤气和水
　　送进来，把污水排出去。
电线携带秘密到处爬行，带着光，带着语言，讲着恐怖、利润
　　和爱情——男人为打拼生意发出咒骂，女人为谋划爱情发
　　出疑问。

一个钟头接一个钟头，沉箱降到了大地的岩层，把大楼撑起在
　　旋转的地球上①。
一个钟头接一个钟头，大梁像肋骨伸出，把石头墙和地板攒到
　　一起。
一个钟头接一个钟头，灰泥工的手用灰泥把各种部件黏结成建
　　筑师赞成的楼形。
一个钟头接一个钟头，太阳和雨水，空气和铁锈，时间挤压成
　　百年，在大楼里里外外游戏，消耗着它。

那些曾经打桩、和泥的人，给埋进了坟墓里听风吹出没词儿的
　　野歌。
那些曾经安装电线、管道、邮箱的人，那些看着一层层楼升起
　　的人，下场相同。
他们的灵魂都在这里，连现在在百里外的后门乞讨的搬灰泥的
　　杂工、因为喝醉了杀人入狱的砌砖工，也不例外。
（一个从大梁上跌下摔断了脖子的人——他还在这里——他的
　　灵魂进入了大楼的石头。）

一层一层的办公室门上——有几百个名字，每一个名字代表一
　　张脸，上面写着一个死去的孩子，一个热烈的情人，一种
　　强烈的抱负，要挣百万的生意，要过吃龙虾的舒坦日子。

———————

　　① 沉箱，为预制混凝土结构，主要用于桥墩、码头、堤坝基座的构筑。
芝加哥位于密歇根湖与芝加哥河交汇处，地下水位高，故建造高层建筑时也采
用了这一技术。

在门上的标签后，他们工作，一间间办公室的墙都守着秘密。

一周挣十块的速记员，从公司主管、律师、效率专家那儿接到
　　信件，多少吨的信件从大楼一捆捆地寄到地球各个角落。

每一名办公室姑娘的微笑和眼泪，进入了大楼的灵魂，跟统治
　　大楼的主人完全相同。

钟表的指针转到了中午，每一层楼都空了，男男女女出去吃
　　饭，然后回来工作。

下午快完的时候，所有的工作都慢下来，松懈了，人们感觉白
　　天正在他们身上结束。

一层楼接一层楼，空了……穿制服的电梯工下班了。水桶哐啷
　　响……清洁工干活了，说着外国话。扫帚、水和拖把清洗
　　掉白天楼层里人们留下的灰尘和痰，机器的污垢。

在楼顶上用电光拼出的字，告诉几英里之内的人们去哪儿买东
　　西。那广告一直做到午夜。

在楼道的黑暗里。发着回音。一片寂静……守夜人慢腾腾从一
　　层楼走到另一层，试着敲敲门。左轮手枪在屁股兜里凸
　　起……钢制的保险箱立在角落。钞票摞在里面。

一个青年守夜人靠着窗户，看着驳船、汽艇的灯光在港口闯出水
　　路，铁路调车场上红白的信号灯织成网，一团庞大的雾夹杂
　　着交叉的、成簇的道道白光和污迹在沉睡的城市上空戏耍。

黑夜摩天大楼在烟雾和星光里隐隐出现，它有灵魂。

雾①

雾来了

---

① 在芝加哥濒临的密歇根湖，逢秋冬季节，湖面常起大雾。

踮着猫的碎步。

它的屁股老老实实
坐着俯瞰
港口和城市，
然后接着走。

杰恩·库贝利克[①]

你的琴弓拂过一根琴弦，一个长长的低音在空气里震颤。
（一位波西米亚母亲流泪了，她新生的孩子在乖乖学着吃奶。）

你的琴弓狂热抖动着飞速奔跑在所有琴弦的高音部。
（所有波西米亚姑娘在礼拜天下午的山上同她们的恋人欢笑。）

白皙的肩

你白皙的肩
　　我记得
你耸一耸，笑一笑。

　　浅浅的笑
　　从你白皙的肩
慢慢抖落。

---

① 杰恩·库贝利克（Jan Kubelík，1880—1940），著名的捷克小提琴演奏家。捷克常被称为波西米亚。

屠 杀 者

　　我对你歌唱
柔弱得像个男人抱着死去的孩子在说话；
艰难得像个男人戴着手铐，
被拘留在他动弹不得的地方：

　　在太阳下
挑出一千六百万男人，
他们有闪光的牙齿，
锐利的眼睛，结实的腿，
脉管里奔流着年青的热血。

　　红色的血流淌在绿草上；
红色的血浸透黑土地。
一千六百万人在屠杀……屠杀，屠杀。

　　我日夜忘不了他们：
他们敲打我的脑袋要我记住他们；
他们捶击我的心，我冲他们回喊，
冲他们的家和女人，梦想和游戏回喊。

　　我夜里醒来，闻到战壕的气味，
听见战壕里睡眠者轻微的动作——
黑暗里一千六百万睡眠者和哨兵：
他们有的人永远长眠了，
他们有的人明天就要永远睡过去，

固定在世界绝望的悲恸里，

吃着，喝着，艰辛从事……一项长久的工作——屠杀。

　一千六百万男人①。

钢　铁

炮，

长长的钢炮，

以战神的名义

从战船里瞄准。

笔直的擦得锃亮的炮，

上面爬满了白衣水手，

容光焕发的棕色的脸，雪白的牙，蓬乱的头发，

矫健的白衣水手们大笑，

坐在炮上唱着战歌。

铲子，

宽阔的铁铲，

铲松了草皮铲平了土地，

挖成了长方形的墓穴。

我请你

见证——

铲子是炮的兄弟。

----

①　这是作者写此诗时正在第一次世界大战作战前线的军人人数。在"一战"中，有约一千万军人死亡，二千万军人受伤。

窗　口

给我饥渴，
啊，众神，坐着
给予世界以秩序的众神。
给我饥渴，痛苦和需求，
把我关在金钱和名声的大门之外
忍受羞耻和失败，
给我最粗鄙最令人厌倦的饥渴！

但请留给我一点小小的爱，
一个在白日终结时和我交谈的声音，
一只在黑暗房间里抚摸我的手，
打断漫长的寂寞。
在黄昏的天色中
落日朦胧，
从变幻的阴沉海岸
进出一颗在西天徘徊的星星。
让我走向窗口，
注视那黄昏的天色
等待着，心知那正在到来的
小小的爱。

在中秋的月亮下

在中秋的月亮下，

柔软的银子
闪闪烁烁
点点滴下花园的夜，
死神，阴沉的嘲弄者，
来了，和你悄悄耳语
仿佛你是他记得的
一位漂亮朋友。

　在夏天的玫瑰下
芬芳的嫣红
潜藏在疯狂炽热的
叶子的黄昏，
恋人，来了，
小小的手抚摸你，
带着一千个记忆，
问你
美丽的、不能回答的问题。

黄色主题

秋天我用黄色的球
点缀山丘。
我用一簇簇橙色、棕色的金子
照亮草原的玉米地，
人们叫我南瓜。
在十月末①

---

　　① 指 10 月 31 日的万圣节。这天夜晚，人们会点亮将各种植物果实掏空
做成的灯笼(在美国是南瓜灯)，驱逐鬼魂。

当暮色降下
孩子们手牵手
围着我转圈，
唱起幽灵歌曲
和对满月的欢喜；
我是一盏南瓜灯
牙齿狰狞，
可孩子们知道
我在逗他们。

年轻的海

海从不平静。
它撞击海岸
无休无止像颗年轻的心，
在搜寻。

海会讲话
只有风暴似的心
懂得它的语言：
它摆出副粗暴母亲的面孔
　　　　　　在讲话。

海是年轻的。
一次风暴就洗掉所有的老迈
让它变得年轻。
我听见它满不在乎的笑声。

他们喜欢海，
靠海而生的男人
知道自己会葬身
海水之下。

海说，
　只要年轻人来。
让他们吻我的脸
　听我说话。
我是最后一个词儿
　我告诉你
风暴和星星来自何处。

孩　子

年青的孩子，基督，正直聪明，
向老者们询问问题，那些问题
是所有的孩子都会在流水下发现的，
会在高大树木投在平静水面的影子下
发现的，那些老树粗糙歪扭，向下俯瞰。
只有孩子们的眼睛会发现，他们不说，
他们在寂寞里低声唱歌。
年青的孩子，基督，继续询问，
老者们什么都不回答，只知
爱这年青的孩子。基督，正直聪明。

被玷污的鸽子

我们坦白讲，这位女士在嫁给企业律师之前没当过妓女，律师
　　是在齐格菲合唱团里看上了她。
在那之前她从没拿过任何人的钱，她用唱歌跳舞挣到的钱买丝
　　袜子。
她爱一个男人而那个人爱六个女人，游戏改变了她的容貌，她
　　需要钱做越来越多的按摩，付美容师的高收费。
现在她开一辆加长的下悬式轿车，全凭自己挣来的，她从日报
　　里读她丈夫在从事的州际商业代理，她每年都需要更大号
　　的胸衣，有时候她纳闷，一个男人怎么周旋六个女人。

走　了

在我们的小城人人都喜欢琪克·洛莉莫。
　　　　远远近近
　　　　人人喜欢她。
我们全都喜欢的野姑娘执着地
　　　　抱着她想要的梦。
现在没人知道琪克·洛莉莫去了哪儿。
没人知道为什么她在箱子里装了……几件旧东西
　　就走了，
　　　　走了，她小小的下巴
　　　　朝前一扬
　　　　一顶宽大的帽子下

柔软的头发漫不经心地飘动，
一个歌手，一个跳舞的，一个爱笑的热烈奔放的情人。

有十个、一百个男人追过琪克?
有五个、五十个伤透了心?
　　　　人人喜欢琪克·洛莉莫。
　　　　没人知道她去了哪儿。

犁田小子

夕阳最后的红光消散，
低矮山峦的轮廓线上
耸起移动的黑色阴影，我看见
犁田小子和两匹马衬着一片灰色，
在黄昏里耕出最后一道犁沟。
草地闪着褐色的微光，
空气弥漫泥土的气味，
四月的雾，凉爽潮湿。

我会久久记得你，
犁田小子和马衬着天空的影子。
我会记得你和你为我
制作的画面，
在暮色里翻耕草地，
四月黄昏的雾。

百 老 汇

我永远不会忘记你，百老汇
你金色的发出召唤的光芒。

我会久久记得你，
高墙作岸的匆急的游戏的河流。

那些懂你的心全恨你，
那些给予你欢笑的嘴唇
都化入了她们人生和年华的灰烬，
她们在你粗粝遭践踏的石头街道的尘埃里
诅咒那些遗失的梦。

老 妇 人

夜行车一路叮铃哐啷，从楼房
和路面的碎石头发出的回音跟着它。车的头灯嘲笑着雾，
把黄色的光线锁定在呆滞的冷雨；
我的前额顶着窗玻璃
困倦地望着墙壁和人行道。

车的头灯找寻着路，
生命已从这雨天和混沌里消失——
只有一个老妇人，浮肿，眼烂了，头发乱蓬蓬，

过去的日子早已漂远了，
在一个门洞她缩成一团准备睡觉，
无家可归。

电话线杆下

我是一根铜线吊在空中，
衬着太阳细极了，我连一条清楚的影子都没有。
我日夜一直在唱——嗡嗡嗡，噌噌噌：
爱情、战争和金钱；斗争和眼泪，工作和需要，
男男女女的死讯和笑声穿过我，我携带了你们的语音，
在雨里，潮湿滴水的日子，在黎明，阳光干爽的时候，
　　　　　一根铜线。

我是人民，是草根

我是人民——是草根——是百姓——是大众。
你知道吗，天底下所有伟大工程都由我建造？
我是劳动者，发明者，生产了全世界的吃的和穿的。
我是见证历史的观众。拿破仑和林肯式的人物出自我。他们死
　　　了。我会奉献更多的拿破仑和林肯。
我是播种的土地。我是大草原，我能承受更多的耕作。暴风骤
　　　雨在我头上刮过。我忘了。我最好的东西被吸干浪费。我
　　　忘了。给我的没有别的，只有死亡，我被支使去干活，交
　　　出我的一切。我都忘了。
有时候我会咆哮，振作起来，洒几滴血好叫历史记住。然

后——我忘了。

当我，人民，学会记住，当我，人民，用昨天的教训，不再忘
记是谁在去年掠夺了我，是谁把我当傻瓜耍弄——那时候
全世界就不会有哪个人说到"人民"这个名字时，敢带半
点轻蔑的口气和嘲笑的神情。

那时候，草根——百姓——大众——就会得胜。

印第安儿子

我喜欢你们的脸，我看到古老沧桑
我喝你们的奶，它灌满我的嘴
我睡在你们的屋子里和你们聊家常
我是你们的一员。

　　　　　　　可我心里燃着一团火。

心在肋骨下怦怦跳，
脑子里闪的
全是冲动，没完没了的神秘指令，
　　　　说：
"我把你们留在后面——
你们守着小山，千百年都一样，
你们守着忍耐的牛群和
挡雨的老房子，
我要走了，再也不回来；
艰难险阻之地召唤我，
伟大的死亡之地召唤我，
人们两手空空去那里
死时笑着
看地平线上飘移的星星。

我将孤独地死去，没人听我最后的话。
我将走进城市和它战斗，
叫它给我幸运和爱情的口令，
值得为之去死的女人，
还有金钱。

        我要去的地方你们没见过
        我和所有人都没见过。
        我只知道我要走向暴风雨
        要战胜的是软弱和天真。"
没有怜悯没有指责。
我们谁都没有错。
毕竟只有这条路：
        你们守着小山我出走。

旧 货 商

我很高兴上帝看见了死神，
交给死神一件差事去照管所有活腻味了的家伙：

当一座钟的齿轮全旧了，转得慢了，
    连接松了，
那座钟还在嘀嗒走着，一个钟头接一个钟头
    报着错误的时间，
满屋子人嘲笑这钟是个懒骨头，
当大块头的旧货商驾着马车来到这栋宅子，
钟真高兴被旧货商的胳膊搂着说：
    "你不属于这里了，
    你得

　跟我走，”
它感觉到了旧货商的胳膊
　紧紧抱着它离开了，钟真高兴。

剥玉米的人
Cornhuskers
1918

玉米地里的农夫

大 草 原①

我出生在大草原，它的麦子汁儿，苜蓿红，女人的眼，给了我
    一支歌一声呐喊。

在这里，水向下流走了，冰山夹着石块滑走了，山谷沟壑嘶嘶
    作响，黑沃土出现了，黄沙地出现了。
在这里，在落基山和阿巴拉契亚山之间，此时此刻一颗晨星把
    火的标志钉在林场、牧牛的草场、玉米带、棉花带
    之上②。
在这里，灰雁携着翅膀下的风飞五百里地再折返，大嚷着有了
    新家。
在这里，我知道我最渴求、胜于一切的是再多给我一个黎明，
    再多看一回天上火的月亮对映河里水的月亮。

大草原在午前对我歌唱，夜里我舒坦地休息在草原的臂膀里草
    原的胸膛上，我懂了。

....

        拿着干草叉在草架子边干活，
        暴晒一天后，

---

    ①   大草原（prairie），在此诗中指美国中西部海拔2 000米以下的地区，介
于西部的落基山脉和东部的阿巴拉契亚山脉之间，是主要的小麦、玉米和肉牛
的产地。
    ②   玉米带包括中西部的艾奥瓦州、伊利诺伊州、内布拉斯加州和明尼苏
达州；棉花带主要位于美国东南沿海地带。

吃过鸡蛋、饼干和咖啡，

在黄昏里

珍珠灰的干草垛

是对收割的双手的

美好祝福。

在高墙之林的城市，穿越陆地的载客列车被堵住了，活塞嘶嘶
　　响，轮子发出咒骂。

在草原，列车飞驰在幻影般的轮子上，在天地间活塞低吼，车
　　轮欢呼……

　　　　　　　　　　　　…………

当城市消失后我在这里。

当城市出现前我在这里。

我滋养过孤独的马背上的人们。

我会照顾乘火车大笑的人们。

我是人的尘土。

奔腾的河水对着鹿、野兔子、老鼠喋喋不休。

你坐着马车来了，修马路，盖学校，

你是斧子和步枪的同伙，犁和马的家人，

你唱着《扬基歌》、《老丹塔克》、《稻草里的火鸡》，

你戴着熊皮帽在木屋子门边听见一声孤独的狼嚎，

你在草皮屋子的门边解读着梅迪辛哈特放出的暴风雪和奇努
　　克风①，

我是你们的尘土的尘土，我是古铜色脸孔的

---

　　① 梅迪辛哈特，加拿大西南部城市；奇努克风，冬春两季吹向北美西海
岸的湿暖风和从落基山脉东坡吹下的干暖西风或北风。

兄弟和母亲，是用打火石和黏土的工人，
是一千年前唱着歌的女人和她们的儿子
排成一列走过森林和平原。

我在变幻的命运中抓住这些尘土。
我挺过了那些古老的战争，经历了和平像母亲似的生儿育女，
新的战争爆发了，新一轮对年轻人的杀戮。
我养育的男孩们在黑暗日子里去了法国。
对于我，阿波马托克斯是个美丽的词，弗吉谷、马恩和凡尔登
　　也是如此[1]，
我看见过儿女们带血的出生和血腥的死亡，
我接受和平也接受战争，我一言不发等待着。

你见过我玉米地上红色的日落吗？见过湖岸夜里的星星吗？见
　　过山谷里日出时一道道麦浪吗？
你听过我打谷子的伙计们在麦秸垛边上的谷糠里鼓劲叫喊吗？
　　听过马车仓里哗哗流淌的麦子粒儿吗？听过我的剥玉米的
　　人、收割的人拉着庄稼，唱着梦里的女人、世界和见
　　识吗？

　　　　　　　　…………

　　　　　　河流在平坦的陆地上切出水路。
　　　　　　群山拔地而起。
　　　　　　海洋挤进来
　　　　　　在海岸上推波助澜。

―――――――――

　　① 阿波马托克斯，位于弗吉尼亚州，在美国内战结束的 1865 年，北方军
队在此地的法院接受南方军队投降。弗吉谷位于宾夕法尼亚州，美国独立战争
时期，华盛顿率领的军队曾在这里驻扎。马恩和凡尔登位于法国，第一次世界
大战期间曾在这里发生过重要战役。

太阳，风，带着雨，
我知道那彩虹以半个弧形跨过东边或西边写的是
　　什么：
一封情书保证又会来到。

············

苏兰铁路边的那些镇子，
大泥河边的那些镇子①，
为了捕猎狐狸互相嘲笑，
像孩子一样互相戏弄。

在奥马哈和堪萨斯城，明尼波利斯和圣保罗，一个家庭的姐妹
　　们嘴里蹦着俗话，一起长大。
在欧萨克的镇子，达科他产麦子的镇子，威奇托，皮奥利亚，
　　布法罗，姐妹们嘴里蹦着俗话，长大。

············

从棕色草原里，那里有顶帐篷飘出青烟——从一道烟柱、一个
　　蓝色的承诺里——从在绿色和紫色中遛弯儿的野鸭
　　子里——
在这里，我看见一座城市诞生了，它对全世界的人说：听着，
　　我强壮有力，我知道我要什么。
从木屋和树桩里——独木舟从树干里劈出——平底船在林场里
　　用斧子凿成——在印第安人和白人相遇的年代，房屋和街
　　道出现了。

---

① 苏兰铁路位于明尼苏达州；大泥河为密苏里河的昵称。

成千的印第安人哭丧着离开，去新地方寻找玉米和女人： 一百
　　万白人来了，盖起摩天大楼，铺起铁轨，架起电线，触须
　　伸到了盐湖： 现在大烟囱用烟屁股似的牙咬着天际线。

一年前在绿色和紫色中遛弯儿的野鸭子叫的地方： 现在铆钉枪
　　嘎嘎响，警察巡逻，汽船呼啸。

跨过一千年我向一个人伸出了手。
我对他说： 兄弟，长话短说，一千年的光阴短得很。

　　　　　　　　…………

这些在黑暗里的是什么兄弟？
摩天大楼的什么屋檐迎着雾里的月亮？
运煤船在河上穿梭时
木板房上的烟筒直晃悠——
谷仓里隆起的肩膀——
薄板厂里火红的链轮
轧钢厂里的男人脱下了衬衫
他们血肉的胳膊和扭动的钢铁的手腕较劲：
　　　　这些在一千年的
　　　　黑暗里的
　　　　是什么兄弟？

　　　　　　　　…………

一盏头灯探索一场暴风雪。
漏斗形的白光从穿越威斯康星的火车头射出。

在上午，在拂晓，

太阳熄灭了天上的星星
熄灭了火车的头灯。

消防队员朝雪橇上的乡村教师挥着手。
雪橇上一个戴红围脖和手套的黄头发男孩，他的午饭盒子里有
　　一个猪排三明治和一块栗子派。

马测到了雪深及膝盖。
雪给草原起伏的山丘戴上了帽子。
密西西比的悬崖峭壁戴上了雪帽子。

　　　　　　………

喂，养猪的，
　　给你的猪轮着喂玉米和杂粮。
　　填饱它们的肚子，叫它们的短腿走起路来摇摇摆摆，
　　鼓起的肚皮里，是做火腿的肥膘。
　　拿把尖刀在它耳朵下切个长口子。
　　使切肉刀劈开它。
　　用钩子穿进后腿吊起它。

　　　　　　………

夏天的早晨一辆马车装满了小萝卜。
深红的萝卜上洒满了水珠。
农夫坐在车上，操纵着几匹灰色带黑斑的马屁股上的缰绳。
农夫的女儿拎一篮子鸡蛋，做梦有顶新帽子好戴上去逛县城的
　　集市。

　　　　　　………

路的左边右边，
　　行进着玉米的大军——
几星期前我见它们有膝盖高——这会儿就高到头了——红色的
　　须子趴在玉米穗尖上。

　　　　　　　………

我是大草原，人们的母亲，我等待着。
他们是我的，打谷子的伙计们吃着牛排，农场小伙子们开车去
　　铁路的牲畜栏。
他们是我的，七月四日参加野餐会的人，听律师宣读《独立宣
　　言》，夜里看烟火，青年男女成双结对寻觅小路和接
　　吻桥。
它们是我的，十月末的霜里马群从栅栏上望着拉甘蓝去市场的
　　马，对它们说早安。
它们是我的，那些锯齿样的旧木栅栏，新架的铁丝网。

　　　　　　　………

剥玉米的人手上戴着皮套①。
风一点儿没有减弱。
蓝色大围巾在红下巴上打着结儿。

秋天和冬天，苹果呈现出十一月五点钟日落时的忧伤：秋天，
　　落叶，篝火，玉米茬子，熟悉的东西去了，大地一片
　　斑白。
大地和人们留住了记忆，连蚂蚁和蚯蚓，蛤蟆和蟑螂——被雨

————————

　　① 剥玉米的人（cornhusker），内布拉斯加州人的别号，在此诗中泛指玉米
带各州的人。剥玉米是将已收获的成熟玉米穗上的皮剥去，以便干燥后脱粒。

刷去了字迹的墓碑——它们都存下了熟悉的东西，永远不
　会变旧。

霜让玉米皮松开了。
太阳、雨、风
　　　　都让玉米皮松开了。
男男女女都是帮手。
他们统统是剥玉米的人。
我最近在西部的傍晚
　　　在烟红色的灰尘里看见他们。

　　　　　　　…………

一只黄公鸡的幽灵，显摆着鲜红的冠子，在粪堆上冲着一道道
　　曙光高声打鸣，
一条老猎狗的幽灵，在树丛嗅着麝鼠的气味，半夜朝树梢里的
　　一头浣熊吼叫，围着玉米仓追逐自己的尾巴，
一匹老马的幽灵，春天拖着犁的钢铧耕四十亩地，夏天拉耙
　　子，秋天在玉米秆中拉车，
在夏末的夜晚，在农舍的前门廊，这些幽灵进入了人们的闲聊
　　和好奇。
在堪萨斯，夜里热风吹着紫苜蓿，一个老头叼着石头烟锅说：
　　"这些消失的家伙还在这儿。"

　　　　　　　…………

瞧，知更鸟的窝里
有六个蛋。

听，六只知更鸟

在沼泽和高地上
快乐地猛冲打闹。

瞧，歌
隐藏在蛋里。

············

当早晨的太阳照在喇叭花上，朝厨房的煎锅歌唱：让欢呼响彻
　　　上帝的天堂。
当雨斜落在种土豆的山丘上，太阳向最后一阵雨射出银箭，对
　　　后院栅栏边的灌木丛唱起《特爱玫瑰》。
当冰冷的雨夹雪随着暴风捶击窗户，屋子里却生气勃勃，为外
　　　面的山丘歌唱：老羊认得路，小羊羔得找到路。

············

春天溜回来了，带着一张姑娘的脸永远呼唤："有给我的新歌
　　　吗？有新歌吗？"
啊，大草原的姑娘，孤单地唱着，梦着，等候着——你的恋人
　　　来到——你的孩子出生——岁月用四月雨的脚趾在新翻的
　　　土地上爬行。
啊，大草原的姑娘，不管谁离开你，只有红罂粟可以交谈，不
　　　管谁在你唇上吻别，再不回来——
有一支歌深沉得像秋天的红山楂，悠久得像我们会去的层层黑
　　　土壤，像晨星闪耀在玉米带，像一道道曙光升起在麦子
　　　山谷。

············

啊，大草原母亲，我是你的儿子。

我爱过大草原，作为男人这颗心盛满了爱的痛苦。

在这里，我知道我最渴求、胜于一切的是再多给我一个黎明，
　　　　再多看一回天上火的月亮对映河里水的月亮。

············
···

我谈论新的城市和新的人们。

我告诉你过去是一桶灰烬。

我告诉你昨天是一阵飘走的风，
　　　　一个西沉的太阳。

我告诉你世界上什么都没有，
　　　　除了一片明天的海洋，
　　　　一片明天的天空。

我是剥玉米的人的兄弟，
　　　　他们在日落时说：
　　　　　　　明天是个大日子。

秋天的乐章

我大声赞叹美好的事物知道美好的事物不会持久。

满地黄色的矢车菊是条围巾缠在太阳晒黑的古铜色女人脖子
　　上——岁月的母亲，接收果实的人。

西北风来了，黄花被扯碎塞满了坑凹，新的美好事物随西北风
　　而来那是初雪，旧的去了，没一个持久。

伊利诺伊的庄稼汉

怀着敬意埋葬这位伊利诺伊的老庄稼汉吧。

他一辈子都是白天在伊利诺伊的玉米地里干完活后就在伊利诺
伊的夜里睡觉。

现在他要长眠了。

这风他听过吹在玉米叶子和须子中，这风在零度的早晨梳理过
他的红胡子那时雪把玉米仓筐子里的黄玉米棒盖白了，

现在同样的风吹过这地方，他的手一定梦着伊利诺伊的玉米。

奥马哈旅馆窗口的日落①

红色太阳

跑入了蓝色河边的山丘

长长的沙滩变了

今天是个将死的人

今天不值得为它争论不休。

在奥马哈这里

黄昏引人悲伤

和在芝加哥

克诺沙一样②。

---

① 奥马哈(Omaha)，内布拉斯加州最大的城市，濒临密苏里河。

② 克诺沙(Kenosha)，伊利诺伊州的小城市，位于芝加哥以南。

长长的沙滩变了。
今天是个将死的人。
时间敲进了另一颗铜钉子。
另一个黄色的跳水者射入黑暗。

　　星群
　　在奥马哈上空旋转
　　和在芝加哥
　　克诺沙一样。

长长的沙滩消失了
　　　　　所有的谈论都是星星。
它们在内布拉斯加上的穹顶旋转。

荒　野

我身体里有匹狼……呲着尖牙要撕开皮肉……红舌头要吃生
　　肉……要舔热血——我拥有这匹狼，荒野给我的，荒野不
　　会叫它走。

我身体里有只狐狸……一只银灰的狐狸……我嗅，我猜……我
　　从风里挑选猎物……在夜里我嗅出了逮到了睡觉的家伙，
　　吃了它们，藏起羽毛……我兜圈子走，搞欺骗的把戏。

我身体里有头猪……长鼻子，大肚子……一台狂吃、呼噜呼噜
　　哼的机器……一台好在太阳里睡觉的机器——我也是从荒
　　野得到了它，荒野不会叫它走。

我身体里有条鱼……我知道还在陆地出现之前……在洪水退下之前……在诺亚之前……在《创世记》的第一章之前……我来自咸味蓝色海水的闸门……我和鲱鱼群一同匆匆游泳……我和鲸一同喷水。

我身体里有头狒狒……攀爬的爪子……狗脸……嚷嚷着呆子的渴求……腋窝下毛茸茸……在这里有目光敏锐的渴望的男人……在这里有金发碧眼的女人……在这里它们隐藏着蜷缩着睡着等待……随时准备咆哮杀戮……随时准备唱歌哺乳……等待着——我拥有这狒狒因为荒野这么说。

我身体里有头鹰和一只知更鸟……鹰翱翔在我梦中的落基山群峰里，搏击在我想要的悬崖峭壁中……知更鸟鸣唱在露水刚消的上午，鸣唱在我向往的查塔努加的树丛，从我希望的蓝色的欧扎克山脚飞出——我从荒野得到了这鹰和知更鸟①。

啊，在我胸膛里，脑壳里，心脏里，有座动物园——不过我还有别的东西：那是颗男孩的心，女孩的心：那是位父亲、母亲、情人：它来自上帝知道的地方：它在去往上帝知道的地方——因为我是动物园的主人：我判定是非：我唱我杀我干活：我是世界的朋友：我来自荒野。

芝加哥诗人

我朝一个无名之辈致意。

---

① 查塔努加（Chattanoogas）位于田纳西州，欧扎克山（Ozark）位于阿肯色州。

我在镜子里看到了他。
他笑——我也笑。
他脑门上挤满皱纹，锁着眉头——我也照样。
我做什么他就做什么。
我说，"你好，我认得你。"
我成了个骗子我这么说。

啊，这个镜子里的人！
骗子，傻瓜，做白日梦的，戏子，
当兵的，灰扑扑的吃灰人——
啊！等没人看见的时候，
等别人都走了的时候，
他会跟我一起
走下昏暗的楼梯。

他用胳膊肘挽住我的，
除了他——我什么都没了。

木　柴

南希·汉克斯在火边做着梦；
做着梦，木柴噼噼啪啪，
黄色的舌头向上爬。
红色的火苗闪闪烁烁，舔出它们的路。
啊，木柴，噼噼啪啪。
　　啊，南希，做着梦。
这会儿有了个漂亮孩子。
这会儿来了个高大汉子。

南太平洋铁路①

亨廷顿睡在一个六英尺长的房子里②。
亨廷顿梦见他建造和拥有的铁路。
亨廷顿梦见一万个人说：是，先生。

布利瑟里睡在一个六英尺长的房子里。
布利瑟里梦见他铺的铁轨和枕木。
布利瑟里梦见对亨廷顿说：是，先生。

亨廷顿，
布利瑟里睡在六英尺长的房子里。

洗 衣 妇

洗衣妇是个救世军成员。
她趴在满是肥皂沫子的盆上把内衣搓干净，
她唱耶稣会洗去她的罪过，
她对上帝和人犯的过错
会洗得像雪一样清白。
她边搓着内衣边唱《最后的伟大洗涤日》。

---

① 南太平洋铁路，即南太平洋铁路公司，成立于 1865 年，建造并拥有美国西南部的铁路。

② 亨廷顿(Collis P. Huntington，1821—1900)，于 1890—1900 年任南太平洋铁路公司董事长；6 英尺，约合 183 厘米。

一辆汽车的画像

它是辆精瘦的汽车……一条长腿的狗……一头灰色幻影的鹰。
它的脚吃尽路上的尘土……它的翅膀吃那些山。
开车的丹尼睡觉时看见女人穿着红裙子红袜子就梦见了车。
它就在丹尼的生命里，跑在他的血液里……一辆精瘦的灰色幻
　　影的车。

野牛比尔[①]

琼斯小子的心里——渴望今天？
渴望，野牛比尔在镇上？
野牛比尔和矮马、牛仔、印第安人？

我们有些人什么都知道，
琼斯小子。

野牛比尔有副斜眼看人的模样，
　　马背上帽子下一副歪斜的模样。
他骑在马上匆匆而过的模样固定在
　　琼斯小子、你和我的心里，他光着腿，
斜着眼匆匆而过，马背上帽子下漫不经心的模样。

---

　　① 野牛比尔(Buffalo Bill)，美国西部的传奇性人物，本名为威廉·科迪
(William Cody，1846—1917)，曾猎杀了四千多头野牛；后从事演艺，他制作的
大型节目《狂野西部》在美欧极为轰动，创造了美国西部的经典形象；至今在
怀俄明州有以他的名字命名的科迪镇。

哦，马蹄子咔嗒咔嗒踏在街上。

哦，野牛比尔，斜着你的眼睛再来一回。

让我们小伙子的心再狂跳一阵儿。

让我们再一次眼花缭乱，看草原上惨烈的爱，黑黢的夜，独行
　　的马车，还有来复枪噼噼啪啪射向伏兵的火光。

钢的祈祷

哦上帝，把我放到铁砧上，

砸我、锤我，成为一根撬棍。

让我撬松古老的墙。

让我抬起、松动古老的地基。

哦上帝，把我放到铁砧上，

砸我、锤我，做成一颗钢钉。

把我砸进那撑起摩天大楼的大梁。

用赤热的铆钉把我钉死在主梁里。

让我成为一颗了不起的钉子撑起摩天大楼让它穿过蓝色夜空耸
　　入白色星群。

卡　通

我制作一个妇女卡通。她很普通。是个脏兮兮的大块头妈妈。

好几个孩子吊在她的围裙上，爬在她的脚上，偎在她的胸
　　脯上。

走在晨光之前的人们的赞美诗

警察买鞋精挑慢选；卡车司机买手套精挑慢选；他们很在意自
己的手和脚；他们凭手和脚吃饭。

送奶的人从不吵架；他一个人工作，没人跟他闲扯；城市睡觉
的时候他在干活；他在六百个门廊上放下奶瓶，那是他一
天的活儿；他要登两百个木头台阶；两匹马伴随他；他从
不吵架。

轧钢厂和钢板厂的工人是炉渣的兄弟；每天下班后他们要倒出
鞋里的炉渣；他们要老婆缝补裤子膝盖处烧出的窟窿；他
们的脖子和耳朵总是粘着黑垢；他们搓洗脖子和耳朵；他
们是炉渣的兄弟。

雨中马和人

冬季的一天，阴风夹着冻雨拍打窗户，我们坐在咝咝冒汽的散
热器旁，
我们谈论送奶车的马夫和杂货店送货的伙计。

我们脚穿羊毛拖鞋，手里摇着热饮——谈论着送信送电报的男
孩，他们跑在结冰的人行道。
我们写古老的流金岁月、圣杯的追寻者们，还有那些被称为
"骑士"的男人在雨中、在冰冷的雨中骑马奔驰，为了他

们心爱的女人①。

一个工人躬着背推着送煤车走过，冰柱的水滴在他的帽檐上，
　　冰裹着大块的煤，在斜雨中旅店灰蒙蒙。
我们把脚上的羊毛拖鞋靠近散热器，接着写诗，写英雄兰斯洛
　　特和英雄罗兰，以及所有那些流金岁月里在雨中骑马的
　　男人②。

遗　言

我给殡仪馆的人留言，准他们
把我的遗体搬到墓地里埋掉，把头、
脚、手统统埋掉：可我知道我留下的某些东西
他们是埋不掉的。

让穷人家的山羊在我的坟上啃三叶草，
如果我坟上开了花，它们黄色的绒毛、蓝色的
花瓣够漂亮，就让穷人家的孩子
用他们的脏手摘回家。

我曾经有过机会与拥有一切的人们
或一无所有的人们共同生活，我选择了
其一，我没跟人说为什么。

---

　　①　圣杯，最传统的解释是在耶稣受难时，用来盛放耶稣鲜血的杯子；罗
马教廷的解释是耶稣在最后的晚餐中使用的杯子。
　　②　兰斯洛特和罗兰(Lancelot，Roland)，均为欧洲古代史诗传奇中的英雄
人物。

山谷之歌(一)

你的眼和山谷是记忆。
你的眼燃着火，山谷像个烟斗。
在这里月亮升起攀爬在树林梢头。
在这里我们倒扣了咖啡杯。
你的眼和月亮扫过了山谷。

明天我会再看见你。
一百万年后我会再看见你。
我将再不认得你深色的眼睛。
这是我保存的三个幽灵。
这是和我一起奔行的三条红狗。

它们都隐藏在纠结于一个谜：
我拥有那月亮，树梢和你。
三者都消逝了——我保存了一切。

拥 有 我

在蓝天和太阳里拥有我吧。
在大海和高山上拥有我吧。

当我走进海底的草原，我会一个人走。
这是我来自的地方——那里的氯和盐是血液和骨头。
在这里鼻孔催促空气进肺。在这里氧吵嚷着要进来。

我会一个人走进这海底的草原。

爱走远了。爱在这里结束。
在蓝天和太阳里拥有我。

冷清的坟

当亚伯拉罕·林肯被埋进坟里……在泥土里，在冷清的坟里，
他忘记了那些政敌和暗杀。

在泥土里，在冷清的坟里……尤利西斯·格兰特失去了对于骗
子和华尔街的所有想法，钞票和抵押品化为了灰烬①。

在泥土里，在冷清的坟里……宝嘉康蒂还惊奇吗？还记得吗？
她的身材可爱得像棵白杨，脸蛋甜美得像十一月的山楂、
五月的红樱桃②。

满大街的人买衣服买杂货，朝英雄欢呼、抛彩纸、吹喇叭……
在泥土里……在冷清的坟里……你们告诉我恋人们是不是
失败者……告诉我有没有人比恋人们得到的更多。

---

① 尤利西斯·格兰特(Ulysses S. Grant，1822—1885)，美国第18任总统
(1869—1877)。1884年，格兰特投资参与了其子与一名叫沃德的华尔街投资人
合伙开办的经纪行。沃德在经营中采用了非法欺诈的手法，最终导致经纪行破
产，格兰特近乎身无分文。
② 宝嘉康蒂(Pocahontas，1596—1617)，为美国印第安人酋长的女儿，曾
帮助最早从英国来的移民适应北美的生活。

草

在奥斯特里茨和滑铁卢把尸体高高堆起来。
把它们埋进地下再让我干活——

      我是草；我覆盖一切。

在葛底斯堡把尸体高高堆起来
在伊普尔和凡尔登把尸体高高堆起来①。
把它们埋进地下再让我干活。
两年、十年后，旅客们问列车员：

      这是什么地方？
      我们是在哪儿？

      我是草。
      让我干活。

住　宅

两个瑞典人家庭住楼下，一个爱尔兰警察和一个叫乔大叔的老
    兵住楼上。
两个瑞典男孩上楼去看乔。他的老婆死了，他仅有的儿子死
    了，他的两个女儿住密苏里和得克萨斯，不愿他在身边。

---

　　① 伊普尔（Ypres）和凡尔登（Verdun），分别位于比利时和法国东部，第一
次世界大战期间曾在这里发生重大战役。

男孩和乔大叔在熨斗底上用锤子砸核桃，一月的风怒号，零度
　　的空气在窗玻璃上织起冰花。
乔给瑞典男孩讲奇克莫加和查塔努加的故事，联邦士兵们怎么
　　在下雨的黑夜里爬行，向叛军冲锋，杀敌无数，夺取了旗
　　子，占领了一座山，赢得的胜利现在学校的历史课
　　也讲①。
乔拿起一根木匠用的粉笔在地板上画线，拿柴堆象征六个团在
　　爬山时给杀死了。
乔说"他们去这儿"、"他们去这儿"，一月的风怒号，零度的
　　空气在窗玻璃上织起冰花。
两个瑞典男孩下楼时脑瓜里稀里糊涂装满了枪、士兵还有山。
　　他们吃青鱼和土豆时告诉家里打仗棒极了，当兵棒极了。
一个男孩吃晚饭时叫喊：我想现在就打仗，我就能当兵。

一百万年轻的劳动者，1915

一百万年轻的劳动者正直强壮，僵硬地躺在草地和道路上，
那一百万现在埋到了土地下，他们腐烂的尸体过几年就要滋养
　　血红玫瑰的根。
是啊，这一百万年轻的劳动者相互残杀，他们以前从没见过自
　　己的手沾满鲜血。
啊，杀戮曾是太阳底下了不起的职业，一件新鲜漂亮的事情，
　　那百万人是否知道他们为了什么相互劈呀砍呀撕扯至死。
欧洲的皇帝们国王们咧开嘴笑——他们乘坐有皮椅子的汽车，
　　他们有女人和玫瑰花供休闲，他们早餐要吃新煮的鸡蛋，

---

　　① 奇克莫加和查塔努加（Chickamauga, Chattanooga），分别位于佐治亚州
北部和田纳西州东部，美国内战期间在这两处地点发生过重大战役。

吐司上抹新鲜的黄油，他们坐在防雨的高大宅邸里读战争
新闻①。

我梦见一百万年轻劳动者的鬼魂穿着浸血的衬衣爬起……
叫喊：

上帝诅咒那些咧嘴的国王，上帝诅咒那些皇帝。

（芝加哥，1915）

高 汉 子②

这人的嘴是瘦削强健的嘴。
这人的头是瘦削强健的头。

这人的下巴是落基山、阿巴拉契亚山的骨头。
这人的眼睛是伤感的两大洋的神色，
泡沫，盐，绿色，风，变幻不定。
这人的脖子是野牛大草原的精气，是玉米带棉花带旧的渴望、
　　新的召唤，
是荒野里一棵骄傲的红杉树干，
是锯木厂里等待做成屋顶的木材。

他是神秘的人类和民众的神秘的兄弟，
他是那些高举的隐义的手的隐义的兄弟，
他是黑夜和深渊，他是阳光四射的天空，他是人民的首领。
他的心是人民的鲜红血滴，

---

　　① 皇帝们，原文为 kaiser 和 czar，前者为当时德国与奥匈帝国的皇帝，
后者为俄国沙皇。
　　② 指亚伯拉罕·林肯（Abraham Lincoln，1809—1865），美国第16任总
统，他身高193厘米。

他的愿望是人民的灰鹰捕猎似的稳健飞翔。

布满车辙的道路上谦卑的尘埃，
闪光的铁犁下被翻耕的泥土，
他承担这些责任，这许多城市，许多边境，发生在阿拉斯加与
　　　地峡之间，地峡与合恩角之间，奥马哈的东边和西边，巴
　　　黎的东边和西边，柏林，彼得格勒，许多争论他都管①。
他右手腕的血液里和左手腕的血液里滔滔流淌着大众的右手腕
　　　的智慧和大众的左手腕的智慧。
他懂得大众，大众瘦削强健的渴望。

---

　　　① 地峡，指巴拿马地峡，巴拿马运河即在此建成；合恩角位于南美洲最
南端。

烟与钢
Smoke and Steel
1920

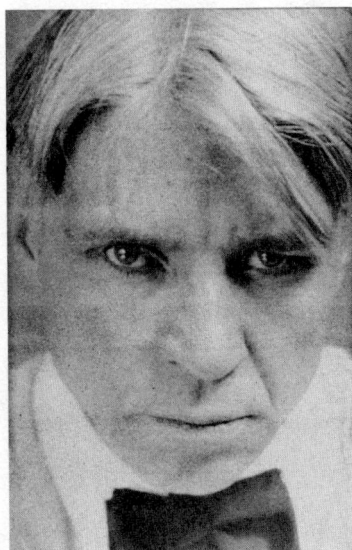

烟 与 钢

春天田野里的烟是一码事，
秋天叶子的烟是另一码事。
钢厂房顶的烟，战舰烟囱的烟，
都是从一根大烟囱里成一条线上升，
或者在缓慢扭曲的……风里……扭曲。

北风刮来它们朝南跑。
西风刮来它们往东跑。
　　凭这个走势
　　所有的烟
　　彼此相识。
春天田野里的烟和秋天叶子的烟，
炼成的钢冷却了变蓝了冒的烟，
凭着工作的誓言它们发誓："我认得你。"

追溯到很久以前上帝创造了我们，
追溯到我们来自的灰烬——
你、我和我们的烟的首领
被驱逐、被轰出了中心。

　　　　　　　　…………

有些烟是上帝创造时遗落的
它们在天空交错，计数我们的岁月，
以我们的数字的秘密吟唱；

唱它们的黎明，唱它们的黄昏，
唱一首古老的木柴的歌：
　　　你可以打开风门，
　　　你可以关闭风门，
　　　烟都同样从烟囱升起。
城市日落时天际上的烟，
乡村黄昏时地平线上的烟——
　　　它们在天空交错，计数我们的岁月。

　　　　　　　………………

砖红色的烟尘
　　　螺旋形缠绕
　　　冒出烟囱
飘向隐藏的闪光的月亮。
据说这是铁锭把它散发到火花四溅的钢厂，
这是煤与钢的行话。
上白班的把它传给上夜班的，
上夜班的再传回去。

这行话说得结结巴巴——
叫我们对它一知半解。
　　　在轧钢厂和钢板厂，
　　　在熊熊烈火的轰隆声中，
　　　烟变换它的影像
　　　人改换他们的形象；
　　　黑人、南欧人、东欧人倒班。

　　　一根钢条——它的心里
只是一股烟，烟和人的血。

奔跑的火跑进，跑出，跑到别处，

留下了——烟和人的血

炼成的钢，冷却了变蓝了。

火跑进，跑出，再跑到别处，

一根钢条是一杆枪，一个轮子，一颗钉子，一把铲子，

海里的一支舵，天上的驾驶盘；

它的心里永远黑暗，渗透它的

　　　是烟和人的血。

在匹茨堡、扬斯敦、加里——他们拿人炼钢①。

以人的血和烟囱的墨

浓烟滚滚的夜写下它们的誓言：

烟化入钢，血融入钢；

在荷姆斯台、伯莱多克、伯明翰——他们拿人炼钢。

烟与血混合入钢。

　　飞机在蓝天里

　　嗡嗡轰鸣；那是钢

　　一台发动机歌唱、上冲。

　　　　　　　…………

倒钩铁丝围绕工厂。

工厂大门的保安们，手枪在皮套里。

船满载的铁矿石是用钢从地里挖出来的，用钢臂举起来装船

　　的，船一路上有蛤蜊壳叮当歌唱。

现在操作者都是钢；它们挖掘、抓牢、拖拉；从工序到工序它

――――――――――

　　① 匹茨堡、扬斯敦、加里，以及后文里的荷姆斯台、伯莱多克、伯明翰，均为美国钢铁工业城市。

们扬起自动的关节；它们是炼钢的钢。
火、尘埃、空气在熔炉里搏斗；定时浇铸，钢坯挣脱；扬弃
熔渣；
海上的邮轮，陆上的摩天大楼；潜入海里的钢，攀上天空
的钢。

············

黑暗里的寻觅者，你斯蒂夫拎着饭盒，你斯蒂夫沉重地走在傍
晚的人行道，带着份给老婆孩子的晚报，你斯蒂夫脑袋里
纳闷我们都会在哪儿死光——
黑暗里的寻觅者，斯蒂夫：我的胳膊缩在沾满炉渣的袖子里；
我们一起走下马路；我们的下场完全一样，你斯蒂夫和我
们所有人会死在同一颗星球；在地狱，在地狱或在天堂，
我们会在一起戴顶帽子。

现在是浓烟滚滚的夜，斯蒂夫。
烟，烟，消失在昨天的筛子里；
今天又倾倒在洞穴和港湾里。
烟永远喜欢时钟和汽笛。
现在是浓烟滚滚的夜。
明天是别的什么东西。

············

幸运的星星来了、去了：
五个人在一锅彤红的钢水里漂浮。
他们的骨头融进了钢的面包；
他们的骨头给砸进了螺管和铁砧，
还有活塞，给安进了在海里拼搏的涡轮机。

在无线电台编的故事里寻找他们吧。
于是鬼魂躲在钢里像镜子里全副武装的人。
偷偷地窥视，隐藏——他们的影子舞动在大笑的坟墓里。
他们永远在那里，他们从来不回答。

他们中一个说："我喜欢我的工作，公司对我不错，美国是个很
　　棒的国家。"
一个说："天啊，我的骨头发疼；公司是个骗子；这是个自由国
　　家，可像地狱。"
一个说："我找到个姑娘，一个美人；我们攒钱，想经营个农场
　　养猪，自己当老板。"
其他的人是些粗鲁的歌手离家很远。
在一座钢的拱门后面寻找他们吧。

　　　他们嘲笑这代价。
　　　他们把飞机托上蓝天。
　　　那是钢，一台发动机歌唱、上冲。

在地铁里的消防栓和鼓轮，
在低速的液压凿岩机里，在硬黏土和石砾中，
在电枢的转子支架里，在发电机的传动轴下，
他们的影子舞动，嘲笑这代价。

　　　　　　…………

熔炉照亮红色的圆顶。
火的线轴缠绕、缠绕。
深红的四边形噼啪乱溅。
垂死的棕红色鞭子放下了。
火与风淘出矿渣。

永远是矿渣在火与风里被淘出。

钢学会的圣歌是：

要么干活要么挨饿。

在犁上寻找我们的铁锈。

在脱粒机的骂声里倾听我们。

在奔跑的运麦车里瞧着我们的工作。

....

火与风淘着矿渣。

货车，钟表，蒸汽铲，搅拌机，活塞，锅炉，剪子——

哦，来自大山里沉睡的矿渣，含渣的沉重生铁要铺上许多条
　　铁路。

用它可以刺杀、枪毙人，制造奶油，挖掘地下水道，割草，杀
　　猪宰牛，驾驶飞机飞越北美、欧洲、亚洲，环绕全世界。

从坚硬的岩石山地给凿出来，在工厂和钢铁工人那里被砸碎、
　　烘焙，铁锈的尘埃等待着，

终于它原子的匀称严格的组合削弱了，变钝了，钻头在它里面
　　钻出一个孔。

钢的底座和边缘是经过计算的，天啊，精确到一百万分之一
　　英寸。

....

有一回我瞧着火的曲线，像一群披着围巾的粗野女人跳舞，

跳出了烟道和烟囱——火飞扬的头发，飞扬的脚冲着天上；火
　　的桶、火的笼子爆炸，哈哈大笑，火疯狂奔出平稳固定的
　　熔炉；

火花迸发出一阵哈哈大笑，那是从地球的石头心窝儿里为它们
　　自己发出的笑声；

火的鼻子耳朵，火的叽里呱啦的大猩猩一样的胳膊，金色的泥
　　块，金鸟的翅膀，红夹克衫骑在紫色骡子上，深红的独裁
　　者在骆驼的驼峰上翻筋斗，遭暗杀的沙皇骑着朱红的
　　气球；
那时我瞧着火一团接一团闪现：再见：然后是烟，烟；
在烟幕里，夜和美丽星群的姐妹们，坐着的女人们正梳理
　　头发，
在天上等待着，以冷淡从容的眼神等待着，等待着，悄言
　　低语：
　　　"你无所不知，
　　　我一无所知，
　　　告诉我我昨夜做的梦。"

　　　　　　　　…………

风雨里挂满水滴的蜘蛛网，
只在一场风的摆晃中
就被毁掉消失，再无人知晓。

一池月光出现，等待，
但从不长久：风拾起
这零散的黄金，飘走。

一根钢条睡着，乜斜眼睛
看着挂满水珠的蜘蛛网，月光的池塘；
斜眼睡了一百万年，
披着一层铁锈、蛀虫睡着，
还有一件草地和土壤的衬衣。

风从不打扰……一根钢条。

风只挑……挂满水滴的蜘蛛网……月光的池塘。

宾夕法尼亚

我在宾夕法尼亚待过，
去过莫农加赫拉和霍金山谷。

一个星期六的早晨
在蓝色的萨斯昆哈纳
我看见一个骑马的警察走过，
我看见男孩们在玩弹子球。
泉水和小山都笑了起来。

沿着阿巴拉契亚山脉
在有些地方，
我看见起重机的钢臂搬运煤和铁，
我看见矿工妻子们白色菜花样的脸，
她们在等着男人干完一天的活儿回家。

日落时我研究了
灰尘和草垛子上姹紫嫣红的色彩。

他们都要演《哈姆雷特》

他们都要演《哈姆雷特》。
他们不曾确切看见他们的父亲遭杀害

他们的母亲阴谋杀人，

一位奥菲莉亚被一把泥堵住心口死去，

唱歌的金蜘蛛纺着圆圈，

他们不曾确切看见，也不知花儿的意义——

 哦，花儿，在那条墨鱼——莎士比亚写的

 最悲惨的戏剧里——花儿被一位跳舞的

 姑娘抛掷；

可是他们都要演《哈姆雷特》，因为这戏很悲惨，像所有演员

 都很悲惨，站在打开的墓穴前拿着丑角的头骨，

 然后慢吞吞、慢吞吞说着睿智、尖锐、漂亮的台词，

 掩饰一颗正在破碎、破碎的心，

这就是某种召唤，召唤着他们的血气热情。

当他们谈论这戏的时候他们就在演出，他们知道戏正在特殊地

演出，不过：他们都要演《哈姆雷特》。

加里市市长

我向加里市市长询问有关一周七天、一天十二小时的事①。

加里市市长回答，在加里上班偷懒的工人比美国其他地方

 都多。

"到工厂去，你会看见人们四处坐着无所事事——机器干了一

 切，"我询问有关一周七天、一天十二小时的事，加里市

 市长这么说。

加里市市长穿着凉爽的浅黄色裤子，白皮鞋，理发师用香波和

 剃刀把他打理得干干净净，尽管政府气象局的温度计报告

---

① 加里市位于印第安纳州西北部，接近芝加哥，是重要的钢铁工业城市。
美国政府于1886年颁布实施八小时工作制的法令，但在部分地方并未执行。

96 华氏度，街角里的孩子们把脑袋浸在起泡的喷泉里，他
　　还是很轻松自在①。

我向加里市市长道别，走出市政厅，拐了个弯去百老汇。

我看见工人们穿的皮鞋被火和灰烬搞得破旧不堪，布满了钢花
　　烧出的小窟窿，

有些人肩胛的肌肉分外隆起，硬得像铁锭，前臂的肌肉像钢
　　板，依我看他们似乎在地狱里待过。

（加里，印第安纳州，1915）

野苹果花

某人的小女郎——编个催泪的故事太轻巧，讲她过去是谁，现
　　在是谁。

某人的小女郎——她曾经扮演在六月的野苹果树下，花落上她
　　的深色头发。

那是在伊利铁路线上某个地方，那个小城叫萨拉曼卡或画中堡
　　或马头。

她把花从头发上甩掉，走进房间，她的母亲为她洗脸，她厌恶
　　地说"我不想洗"。母亲一阵心痛。

某人的小女郎——某些人的四十个小女郎穿着红色紧身衣卖弄
　　风骚，像马蹄，像拱门，像金字塔——四十个表演的小女
　　郎，小马驹，小雏鸟。

编个催泪的故事太轻巧，讲她过去是谁，现在是谁——六月里
　　野苹果花怎样落上她的深色头发。

----

① 96 华氏度，相当于 35.5 摄氏度。

让百老汇的灯光嘈杂闪烁——出租车钻出了拥挤的人群，演出
　　结束了，街道变得暗淡。

让女郎们洗去妆容，去啃午夜的三明治——让她们做梦吧，早
　　晨太阳升起了，早报送过了，送奶车走过了，快到中
　　午了——

让她们做梦吧，想做多久就做多久……六月里在伊利铁路线
　　上……野苹果树开花。

汤

我看见一位名人在喝汤。
哎呀，他正舀起
一勺油糊糊的肉汤往嘴里送。
那天他的名字登上报纸头条
用的是黑体的大字，
成千的人在谈论他。

红头发的餐馆收银员

朝后甩甩你的头发，红头发姑娘。
你尽管笑吧，让你下巴上的两颗雀斑傲气十足。
在什么地方有个男人在寻找红头发姑娘，也许某一天他窥入你
　　的眼睛，看的是一个餐馆收银员找到的是一个情人，也
　　许吧。
来来回回走动一万个男人，追逐一个红头发姑娘，她下巴上长
　　两颗雀斑。

我看见了他们追呀，追呀。

朝后甩甩你的头发；尽管笑吧。

男孩和父亲

男孩亚历山大明白他的父亲是位名律师。

亚历山大父亲的皮面法律书塞满了一个房间，像干草堆满牲
口棚。

亚历山大请求过父亲让他像砌砖工一样盖一间房子，用皮面法
律书砌墙壁和房顶。

雨敲打窗户
雨点儿顺着窗玻璃流下
雨点儿从绿色百叶窗滑下墙根儿。

男孩亚历山大梦见了约翰·阿博特史书里的拿破仑，拿破仑，
这个伟大孤独的人被冤枉了，拿破仑在他活着的时候被冤
枉了，在对他的回忆里被冤枉了。

男孩亚历山大梦见了一只猫，猫在黑暗里消失，留下它微笑的
牙齿照亮了朦胧。

野牛群，暴风雪，在得克萨斯通往南方的路，得克萨斯紧紧搂
着新墨西哥，

那时他父亲正和几个陌生人谈论在迪夫·史密斯县南部的土
地，这些话溜进了在窗边的亚历山大的梦。

亚历山大父亲告诉陌生人：五年前我们开辆福特去大草原，追
羚羊。

在很长时间里亚历山大听见父亲有一两次说到"我的第一位夫
人"如何如何。

父亲曾几次温柔地对亚历山大说起，"你的母亲……是个漂亮
　　女人……可是我们不好谈论她。"
当他听到父亲提起"我的第一位夫人"或者"亚历山大的母
　　亲"时，他的耳朵总是特别尖。

亚历山大的父亲抽一支雪茄，教区牧师抽一支雪茄，话常是这
　　样：人生的秘密，生活的谜。
当雨敲打窗户，雨点儿顺着窗玻璃流下，雨点儿从绿色百叶窗
　　滑下墙根儿，这两个人就模模糊糊地进入了亚历山大的脑
　　瓜儿。
还有：有一个上帝，必须有一个上帝，如果不是有上帝怎么可
　　能有雨有太阳？

于是从拿破仑受冤枉、微笑的猫到得克萨斯的野牛、暴风雪到
　　他母亲到上帝，于是亚历山大在灰蒙蒙的雨中的梦五分
　　钟，也许十分钟就做完了，时间过得很慢很自在，那时雨
　　敲打窗户，雨点儿顺着窗玻璃流下，雨点儿从绿色百叶窗
　　滑下墙根儿。

刽子手在家里①

刽子手夜里下班回家
他会想些什么？
当他和老婆孩子坐下
喝杯咖啡，吃盘火腿鸡蛋，
他们是否会问他

---

　① 刽子手（hangman），指主要执行绞刑的刽子手。

今天工作好不好
一切进行得是否顺利
也许他们会搁下某些话题
去谈论天气、棒球、政治
和报纸上的连环漫画
还有电影？当他伸手端咖啡
端火腿鸡蛋时他们是否会
注视他的手？如果小家伙们说，
爸爸，玩骑马吧，这儿是
缰绳——他会说笑话似的回答：
我今天还没看够绳子吗？
或者他会脸上发光
像快乐的篝火，说：
我们活在一个非常好、好极了的
世界里。如果有一张脸色惨白的月亮
从窗户窥视进来，小姑娘
睡着，月光掺入
孩子的耳朵、头发——那刽子手——
会有什么反应？对于他那一定很容易。
我想，对于刽子手任何事情
都很容易。

死神戳戳得意的人

死神比所有政府都强大，因为政府是人，人死了，然后死神大
　　笑：现在你看他们，现在你看不见了。

死神比所有得意的人都要强大，死神戳戳得意的人的鼻子，扔

出一副色子说：读吧，哭吧。

死神每天发一份电报：我要你的时候我就会降临——然后一
　　天它拿着把万能钥匙来了，自行进了门说：咱们现在
　　走吧。

**死神是个有大胳膊的保姆：一点儿也不会伤着你；现在轮到你
　　了，你只需要睡个长觉，孩子，你有过比睡觉更美的事
　　儿吗？**

晚　安

有许多方式拼写晚安。

七月四日码头上的焰火①
　　用红轮子黄辐条拼写它。
它们在天上嘶嘶响，碰到水面不见了。
火箭闪出一条金蓝色的线
　　然后消失了。

火车在夜里拼写，它的烟囱喷出蘑菇形的
　　白柱子。

汽船在密西西比河上转了个弧形，
　　以男中音的嗓门呼喊，声音跨过
　　低地的棉花田，飘向尖峰耸立的山峦。

---

① 七月四日为美国独立纪念日。

很容易拼写晚安。

有许多方式拼写晚安。

爵士幻想曲

敲起你们的鼓，弹起你们的班卓琴，
用又长又酷弯弯曲曲的萨克斯管哭诉。
奏起来吧，爵士乐手。

用你们的手指砸那些快活的洋铁盘子，
让你们的长号慢悠悠吹出魅力，
拿光滑的砂纸擦，呼哟—呼哟—呼哟。

像一阵秋风在孤零零的树梢上叹息，像你苦思渴想一个人那样
温柔叹息，像辆赛车从个骑摩托的警察那里遛走一样叫
喊，嘣—嘣！爵士乐手，你们拿鼓、地板、班卓琴、号、
洋铁罐发出重响——使两个人在楼梯顶上打架，扭成一
团，互相抓着眼睛滚下楼梯。

真格暴力……这会儿密西西比河上一艘汽船夜里开往上游，
呜—呜—呜—呜……绿色信号灯对天上傻里傻气的星星使
眼色……红月亮骑在河下游的山梁上……奏起来吧，爵士
乐手。

风的玩物的四个序曲
"过去是一篮子灰烬。"

1

那个妇人名叫明天
坐着，牙齿咬着发卡
花着时间
按她喜欢的样子做头发
她编紧了最后一根辫子，盘起来
把发卡别到该别的地方
转过身，慢悠悠说：哎，那又怎样？
我的祖母——昨天，走了。
那又怎样？死去的就死去吧。

2

门是雪松木的
镶板的边条是黄金的
姑娘们是金发的姑娘
镶板上刻着，姑娘们唱着：
　　我们是最伟大的城市，
　　最伟大的民族：
　　史无前例。
门在破碎的枢轴上歪扭。
雨的尸布随风嗖嗖作响
　　金发姑娘们跑了，镶板上刻着：
　　我们是最伟大的城市，
　　最伟大的民族：

史无前例。

3

故事发生在以前。
强人们建起了一座城市
　　纠合成一个民族，
他们付钱请歌手歌唱：
　　我们是最伟大的城市，
　　　　最伟大的民族：
　　　　史无前例。

当歌手们歌唱
强人们倾听
他们付价很高
感觉很棒，
　　老鼠蜥蜴也在倾听
　　……现在留下的倾听者
　　……只有……老鼠……和蜥蜴。

还有黑乌鸦
大叫："哇，哇，"
叼来泥和树枝
在门的刻字上方
筑巢
那门是雪松木的
镶板的边条是黄金的
金发的姑娘们来歌唱：
　　我们是最伟大的城市，
　　　　最伟大的民族：
　　　　史无前例。

现在唯一的歌手是乌鸦，大叫："哇，哇，"
雨的尸布在风里在门口呜呜咽咽。
现在的倾听者只有……老鼠……和蜥蜴。

4

老鼠的脚
在门槛上潦草瞎写；
老鼠足印的秘密文字
谈论着老鼠的家谱
胡扯什么血缘
乱谈什么种族
老鼠的祖父
祖父的祖父。

风转移了，
门槛上的尘土更换了
连老鼠足印的文字
也不告诉我们，丝毫没提
那个最伟大的城市，最伟大的民族
强人们听
姑娘们唱： 史无前例。

奥萨瓦托米①

我不知道他是怎么来的，

---

① 奥萨瓦托米(Ossawatomie)，在此诗指著名的白人废奴主义者约翰·布朗(John Brown，1800—1859)。布朗认为只有用武装起义的方式才能废除奴隶制。在1856年，他领导了在堪萨斯州的布莱克·杰克和奥萨瓦托米举行的两次战役；1859年10月16日，他率领21名由白人和黑人组成的队伍在弗吉尼亚州的哈普斯渡口举行武装起义。起义失败后布朗受绞刑处死。

他黝黑，健壮，走路摇摇晃晃。

他站在城里对人们讲：
我的人民是傻瓜，我的人民年轻健壮，我的人民必须学习，我
　　的人民是厉害的工人和战士。
他老是发问：那血从哪里来？

　　他们说：你是为那傻瓜刽子手准备的，
　　　　　　你是为监狱
　　　　　　为绞刑准备的。

　　他们把他拖进监狱。
　　他们对他冷笑、啐唾沫，
　　他毁坏他们的监狱，
　　唱着："滚你妈的监狱，"
　　在黑暗荒唐的监狱里
　　他的情况最糟糕，
　　后来他成了第一个出监的，
　　黝黑，健壮，走路摇摇晃晃，
老是发问：那血从哪里来？
　　他们对他动手了
　　那帮傻瓜刽子手一阵大笑
　　绞刑开始了，天呐。
他们对他动手，他无可挽救。
　　他们一次次把他揍趴下，他站了起来。
他们埋了他，他走出坟墓，天呐，
　　再次发问：那血从哪里来？

三 个 词

小时候我听说过三个血腥的字眼，
为了这三个词成千法国人死在街头：
自由，平等，博爱——我问过
为什么人为了词去死。

我长大了；留着胡子、鬓角，
戴着丁香花的人告诉我高级的金字：
母亲，家庭和**天堂**——更老一些的
脸刮得光光的人则说：**上帝，责任，不朽**
——他们从胸腔深处慢吞吞地唱出这三个词。

在命运和毁灭、困境和癫狂的巨钟上，
年代勾出了他们的说法：流星
闪过了他们的说法：从伟大的俄国
传来三个阴沉的词，工人们拿起枪为之以身赴死：
面包、和平、国土。

我遇见过一个美国海军陆战队士兵，他的膝上坐着个姑娘，他
　　记得环绕世界的港口，他说：告诉我怎么说三样东西，我
　　总是应付——给我一盘火腿加鸡蛋——多少钱？——还
　　有——你爱我吗，宝贝儿？

远　征　军[①]

墙上会有一杆生锈的步枪，亲爱的，
它的膛线里泛起了一片片铁锈。
蜘蛛会在它最暗最暖和的犄角里
　　　　营造一个银丝的巢。
扳机和测距仪，它们也会生锈。
没人去擦枪，它挂在墙上。
食指和拇指会偶尔指指它。
人们在说起那些半遗忘、想遗忘的东西时会提到它。
他们会告诉蜘蛛：接着干，你干得不赖。

青　铜　器

他们要我抚摸青铜器
中国的子孙保存着它们
自从他们的先辈
生火，浇铸，锤打
制作了这些东西
已经有三千年了。

明代，周代，

---

①　原标题为 A. E. F.，即 American Expeditionary Force，（第一次世界大战时期的）美国远征军。

还有其他朝代，
消逝了，列入了密码索引里，
朝代裹在了
古金色古黄色里——
他们看到了这些。

让三千年的
轮子
转吧，转吧，向前转吧。

然后让一个诗人
（一个就够了）
抚摸这些青铜器
谈起那些朝代
然后走过它们。

让爱继续

让它继续；让这一时辰的爱倾泻出去直到得出一切答案，花掉
　　最后一块钱，耗尽最后的血气。

时间携带斧头和铁锤奔跑，时间用一把万能钥匙打开过道，溜
　　走溜掉，时间赢了。

让这一时辰的爱继续；让属于这份爱的所有誓言、孩子和人们
　　洁净如阳光里瀑布下冲刷的岩石。

时间是位年轻人有着棒球运动员的腿，时间和生命和钟表赛跑

赢得胜利，时间用铁锈和老年斑来逗笑。

让爱继续；用个量杯测量出心跳，和这么多人一起冒险，利
用，消磨，算计；让爱继续。

冬季的奶

奶滴在了你的下巴上，赫尔佳，
当然不会弄脏你草莓似的红脸蛋儿
还有你冬季天空似的蓝眼睛。
让你妈妈把手从你下巴上挪开。
这是神圣高贵的白色滴在了红与蓝。

在奶瓶拿走以前，
在你今天骄傲地开始
用杯子喝奶以前，
没有神圣高贵的白色滴在你的下巴上。

你的眼里有梦，赫尔佳。
风高高飘过清澈的蓝天。
冬季刚开始，这么嫩。
才只有一小杯岁月触碰了你的嘴唇。
喝吧……你的唇上有奶……你的眼里有梦。

河 月（一）

成双的月，一个在高高的西天，一个在河湾的水面，

天上火的月，河里水的月，我把它们装进篮子，挂在胳膊肘带
　　回家，我脑袋里的这么小的胳膊肘。
我昨夜看见它们，一弯摇篮似的月，两头尖尖的月，带来希望
　　的新月，孩子们的月亮为所有稚嫩的心画了一幅图。
河——我记得河像一幅画——河是问号上方的弯折。
现在我知道花了许多许多年才写下一条河，河的弯折发出
　　询问。
当月亮移动白色的星星也移动，一颗红色的星一直燃烧，北斗
　　七星就在头上。

保　拉

这首歌里没有别的——只有你的脸。
这里没有别的——只有你醉朦朦的夜一样灰色的眼。

码头笔直伸进湖里像支枪筒。
天天早晨我站在码头歌唱我多么懂你。
我记得的不是你的眼睛，你的脸。
不是你跳舞时赛马似的脚。
我记得你的是别的什么，是那些码头上的早晨。

你的手抚摸我比胡桃面包还要甜。
你的肩蹭着我的胳膊———一股西南风吹过码头。
我忘记了你的手和肩，于是我再次说：

这首歌里没有别的——只有你的脸。
这里没有别的——只有你醉朦朦的夜一样灰色的眼。

风 歌

很久以前我学习怎样睡觉，
在一座老苹果园里风刮过，数了它的钱又扔掉，
在一座少风的果园树枝分叉倾听或者从来压根不听。
在一座树林里树枝捉住了风，风吹起口哨，"你是谁，是谁？"
在一个夏天的下午我把头枕在胳膊肘里睡，在那里我上了一堂
　　关于睡觉的课。
我离开那里时说：我知道了它们为什么睡觉，我知道了它们怎
　　样捕捉狡猾的风。
很久以前我学习怎样倾听唱歌的风，怎样忘记怎样倾听深沉的
　　哭诉，
它在蓝天和晚星下拍打、消失：
　　　　你是谁，是谁？

　　　　谁能永远忘记
　　　　倾听吹过的风
　　　　它数了钱
　　　　又扔掉？

从夜到晨，波涛滚滚

关于夜，我们能说什么？
雾夜，月夜，
　　　　昨晚雾濛濛月朦朦的夜？

从海里涌出一首歌。
涌出被海撕碎的
　　　　　白色潮汐。
风驱赶它们扑上海岸
在扑溅的浪花的水雾之中，
在泡沫和浪涛的轰隆之上，
是午夜对清晨的呼喊：

　　　嗬—啊—啰。

　　　嗬—啊—啰。

　　　嗬—啊—啰。

还有谁比我更苦恋着夜？
还有谁比我更酷爱昨晚
　　　　那雾濛濛月朦朦的夜？

那从海里涌出的歌
　　　——我能忘记它吗？
除了那从海里涌出的潮汐
　　　——我能记住别的吗？
除了那午夜对清晨的呼喊：嗬—啊—啰：
　　　——我怎能去寻找别的歌？

山谷之歌（二）

你记得，落日
席卷了山谷西部。

下霜了。

星星燃着蓝光。
你记得，我们很暖和，
数着月亮的晕环。

落日席卷
山谷西部
然后消失在一扇嵌满星星的幽暗大门。

夜的素材

听我说，月亮是一位可爱的妇人，孤单的妇人，消失在银色裙
　　子里，消失在马戏团骑手的银色裙子里。

听我说，夜里的湖泊是一位孤单的妇人，可爱的妇人，被桦树
　　和松树围绕，它们的绿色和白色混合进星星里，碎裂在起
　　浪的澄净夜色里。

我知道月亮和湖泊，它们的根在我心底里扭曲缠结，和一位孤
　　单的妇人一样，可爱的妇人，穿着银色裙子，马戏团骑手
　　的银色裙子。

西班牙人

用黑眼睛牢牢盯着我。
桃树下我对你一无所求，
你的黑眼睛带着风暴的标枪

刺进我的阴郁。
桃花下的风是一片粉红的雾。

南风这么说

当南风在燕麦地里歌唱
黄鹂就会像去年那样啼鸣，
豆角的叶子就会顺着竹竿爬呀爬
唱一首向南风学来的歌，
当南风一股股吹来
蟋蟀就会做起同样的旧功课，
我们会吹过，我们会一直吹来，
我们会吹过，我们会一起来，
我们会满怀渴望来，
南风这么说。

和　弦

早晨，星期天的早晨，她眼里是海的影子和岩石的模糊轮
　　廓……蹬着皮靴戴着长手套，在海边马背上。

黄昏，星期天的黄昏，一串珍珠项链趴在她雪白的肩上……交
　　谈，沉思的黑天鹅绒，反复陷入沉默……在钢琴上敲出俄
　　罗斯进行曲……暴风雪横扫内布拉斯加。

在海边山丘上骑马……穿着黑天鹅绒坐弹象牙色琴键，一串珍

珠趴在雪白的肩上。

波托马克河上的雾

所有警察、酒馆老板和托莱多的专业人士都认识伯恩·德利，
　　惠特罗克当市长时他当了十年秘书。
小偷、抢银行的、三牌猜赌徒，他全认得，知道他们一个区一
　　个区的流窜，还认得候鸟、歌手、拳击手、马路清洁工。

华盛顿纪念碑为我们指着一轮新月，河对面来的一伙人就着尤
　　克里里琴唱拉格泰姆。
波托马克河上的雾飘得忽高忽低，我们寻见了雾漫过的林肯纪
　　念堂，白得像金发女人的手臂。
我们围着华盛顿城绕了一圈，早晨四点回到家，路过一个牌
　　子：亚伯拉罕·林肯去世的房屋，收费参观。

我收到他在瑞典写来的信，我曾从挪威寄给他一张明信片……
　　美国来的每份报纸都有关于流感的新闻。

夜雾从河面漫上林肯纪念堂，当我独自在冬末再次看到它时，
　　那大理石建筑在雾中白得像金发女人的手臂。

夜的乐章——纽约

在夜里，海风把城市揽进怀抱，
使中午下午尘埃遮盖的喧嚣街道变得清凉；

在夜里，海鸟召唤城市的灯光，
那灯光在天际划出一个城市的名字；
在夜里，来自远方的火车和马车又出发了
城市的人们要面包要信；
在夜里城市照旧活跃——白天不是它的全部。
在夜里舞者跳舞歌手唱歌，
海员和士兵寻找门牌号码。
在夜里海风把城市揽进怀抱。

北大西洋

从地平线到地平线
放眼都是海……
    一个圆圈的地平线内
    充斥了咸味和蓝色……
我再次发誓我深知
海古老胜于一切
海年轻胜于一切。

我的第一个父亲住在陆地。
我的第十个父亲是个爱海的人，
    是个吉卜赛水手，一个唱船歌的人。
    （哦，把人吹倒！）①

海永远相同：

---

① 《哦，把人吹倒！》（*Oh Blow the Man Down*！），是英国水手起锚时唱的一首歌曲。

海永远变化。

　　海给予一切，
　　海总在索回。

海不问就拿。
海是个劳工，窃贼，游手好闲的家伙。
　　为什么海放手得这么慢？
　　或者从来就没放手？

　　日复一日
　　海永远相同，
　　夜复一夜
　　海永远相同，
　　雾接着雾，从不见一颗星，
　　风随着风，卷起层层白浪，
　　鸟跟着鸟，永远是一种海鸟——
　　于是日子迷茫了：
　　既不是星期六也不是星期一，
　　它是任何一天或者哪天都不是，
　　它是一年，十年。

　　雾接着雾，从不见一颗星，
　　面对绿色、难熬的海
　　一个男人、孩子、女人算什么？
绳索和船板尖叫、叹息。

在陆地他们知道一个孩子他们取名叫今天。
在海上他们知道三个孩子他们取名叫：
　　　　昨天，今天，明天。

我给一个女人作了首歌：——是这样：

 我需要过你。

 在一天等于一千年的日子里

 我呼唤过你。

在海蓝的深沉正午

许多女人在一个男人头脑里奔跑，

女人的幽灵从一个男人的额头

  ……跳到栏杆……跳入大海……浮到海面……

  ……男人的母亲……男人的妻子……别的女人……

我向一个稳健的水手询问究竟，他说：

 我认识许多女人可海只有一个。

我看见过一次北极星

和我们的老朋友北斗七星，

 只有海在我们之间：

 "拿走海吧，

 我举起勺子，

 摇晃它的长柄，

 在勺边饮水①。"

一天夜里我在船的绳索当中

看见了北极星和我没见过的五颗新星，

还有在无线交叉中的七颗老星星

   舀着夜的水，

   犁着夜的田——

五颗冷清的新星，七颗温暖的老星星。

————————————

 ① 勺子(The Big Dipper)以及后文里的"七颗老星星"，在中国称为北斗七星，在美国称为长柄勺，在英国称为犁。

我曾被我的亲人放入
　　　　一千座坟墓。
我曾和海还有海的妻子——风独处，
　因为我最后的朋友们
还有我的亲人对此一无所知。

盐在这里，吃掉我们的尸布是它古老的工作。
　我一千座坟墓的大海亲人，
　海和海的妻子——风，
今夜全在这里
　　　　在地平线的圆圈之中，
　　　　在无线的交叉
　　　　和七颗温暖的老星星之中。
昨天我诞生于一千个海湾。
明天我诞生于一千个海湾。

我是变化者的亲人。
　　　　我是海和海的妻子——风的
　　　　儿子。

家的念想

海中的礁石有绿色苔藓。
松树下的岩石有红色莓子。
我有对你的记忆。

…………

对我说你有多么想念我。
告诉我时间变得多长多慢。

对我说你的心多么沉重，
漫长的日子像铁一样沉。

我懂得时间空虚得像雨天里乞丐的罐子，空虚得像士兵丢了只
　　胳膊的袖子。

对我说……

街道太旧了

我走在一座老城的街道，街狭窄得像咸鱼干的喉咙，它们给腌
　　在盐里封在木桶里好多年。
墙一直在唠叨：太旧了，太旧了，我们太旧了——街上的墙互
　　相靠着像群老太婆，像群中年妇女累得只干必须得干的
　　活儿。
这座城市给我这个陌生人的最伟大的东西是那些国王的塑像，
　　每个街角都有国王的青铜像——年迈的大胡子国王给臣民
　　写过书，宣讲上帝的爱——年轻的国王率兵出征跨过边
　　境，打碎敌人的头颅，扩大王国的疆土。
对于我这个老城里的陌生人，最奇怪的事情是总听到从青铜国
　　王的指尖、腋下窜出的风中携带的悄悄话：——难道就没
　　有松快的时候？难道要永远这样下去？
在下雪的清晨一个国王喊了起来：——把我拉下来，放到那些
　　老太婆再也看不到我的地方，把我的青铜扔进烈火，给跳
　　舞的孩子做成项链。

波罗的海雾的手记

七天了，全是雾，迷迷濛濛，汽轮机隆隆驶过公海①。
我成了件玩物，一头正扭打的猛犬牙齿间的老鼠脖子。
雾，还是雾，没有日月群星。
然后一个下午在峡湾，低矮的陆地像是用花岗岩的文字在灰色
　　天空草写出来的，
一座夜间的港口，蓝色暗淡的山肩顶着夜空，
一圈灯光眨着眼睛：　这里有九万居民。
星期三夜里在上千穿着防雨的高筒套鞋和大衣的人们中间，
我发现自己对街道和人群怀着渴望。

………

我宁愿作水而不是任何别的东西。
在北大西洋我看见一抹含盐的雾，一座冰山在早晨的灰色里暗
　　得像一片云。
在挪威我看见了峡湾梦境般的水潭……水的披巾跳荡在山架边
　　缘上，在礁石上。

………

---

① 七天，指从美国东海岸乘船到挪威的时间。诗中描写的海应是挪威西
侧的挪威海；波罗的海位于欧洲大陆北海岸与斯堪的纳维亚半岛东海岸之间。
1918 年，桑德堡曾赴祖籍瑞典以及挪威旅行。

把我埋葬在挪威高山的墓地里。

水携带来自高山的雪以三种语言围绕它歌唱①。

把我埋葬在北大西洋。

来自冰岛的雾会在我头上伤心絮语，深沉持久的风永在哭泣。

把我埋葬在伊利诺伊的玉米地。

在冬天的玉米茬子里暴风雪奏响了管风琴，春雨和秋雨带来发
　　自大海的信。

（卑尔根②）

薄　光

把你的辫子松开披下，姑娘。

跷起你的腿，坐在镜子前

仔细端详你眼睛下道道线条。

生活涂写；男人跳舞。

　　　　你知道男人怎样给女人付钱。

雾　霭

在天空倾泻灰色暴雨的时候，

在大太阳下，在昏黄将尽的暮色里，

---

① 水的三种语言，指水存在的三种状态。
② 卑尔根（Bergen），挪威海滨港口城市。

守住一颗记忆的赤诚的心吧。

记住所有紫丁香开花、鸟儿歌唱的日子；

在暴风雨的路上美妙回忆着所有的星光。

从这草原上浮出死者的面孔。

他们对我说话。我不能告诉你他们说了什么。

在这草原上升起别的面孔。

他们还没出生。他们是未来。

昨天和明天在地平线交叉、混合

二者在紫色的雾霭里迷失了。一个忘记了。一个等待着。

在日落时的黄尘里，在六月晚八点朱红的牧场上……死者和没
出生的孩子对我说……我不能告诉你他们说了什么……你
听你就会知道。

我不在乎你是谁，汉子：

我知道一个女人在寻找你，

她的灵魂是一股亲吻玉米须的西南风。

（那个农场小伙子，脸是砖土的颜色，正在召唤母牛；他会和
乳头喷出的奶汁成为字母 X；他会在盛奶的铁皮桶底上画
个 X。）

我不在乎你是谁，汉子：

我知道儿女们在寻找你，

他们是灰色的尘埃朝向星辰的轨道运行，

你从阁楼的窗户里看见他们，那时你嘲笑

你的命运，小声说："我不在乎。"

我不在乎你是谁，女人：
我知道一个汉子在寻找你，
他的灵魂是一股西南风吻着玉米须。

（农场上做饭的姑娘把燕麦扔给小鸡，它们淡黄的羽毛向彤红
　　的落日发出问候。）

我不在乎你是谁，女人：
我知道儿女们在寻找你，
他们是明年、后年的小麦藏在黑暗的土壤里。

我的爱是只金翅啄木鸟，在俄亥俄和印第安纳盘旋。我的爱是
　　只红雀，在肯塔基和田纳西笔直高飞。我的爱是三四月里
　　早到的知更鸟，她的肩上燃烧着棕铜色的光辉。我的爱是
　　只灰鸟，整个冬天栖息在密歇根的屋檐下。为什么我的爱
　　永远是只叽叽喳喳长翅膀的家伙？

在印第安纳的沙丘，在密西西比的沼泽，我发问：难道河岸上
　　只有鱼的骨头？
难道阳光里只有变白的狗下巴、马头骨？难道人的赤诚的心都
　　化为了灰烬？它的热情所有纯洁的光芒都熄灭了，强大的
　　人消失了？

为什么草原每个夏天都发出回答？为什么从海洋吹来的风带回
　　变换而又重复的雨？为什么星星遵循它们的轨迹？为什么
　　天空的摇篮摇晃新生的婴儿？

野牛城的黄昏①

野牛消失了。
看见过野牛的人死光了。
那些人看见过几千头野牛用蹄子把草原的土地践踏为尘埃、低
　　着硕大的头颅在黄昏缓慢行走的壮观场面，
看见过野牛的人死光了。
野牛消失了。

玉米棚夜话

把你的愿望
　　写在门上
　　然后进来。

站在门外
　　中秋的月亮地里。

带进来
　　乡巴佬的握手。

有愿望

---

① 野牛城(Buffalo)，现一般音译为布法罗，位于纽约州北部，靠近尼亚加拉大瀑布。

给每一粒榛子吗？
有希望
　给每一堆玉米吗？
有吻
　给每一个笨拙上爬的幽灵吗？

　过去有苜蓿和大黄蜂，
　现在是狂风和十一月的雨。

买鞋子
　好熬过十一月的鬼天气。
买衬衫
　好在来年五月睡在门外。

给我买些
没用的东西让我记得你。
　送我一片
从伊利诺伊山上采来的漆树叶。

　　木柴的火苗跳在脸孔上，
　火焰里木头为冬天唱着歌，
　让我的脸穿越灿烂和灰烬。
　让我成为一团火焰为冬天歌唱。

野　草

从好早种萝卜的时候
到玉米长高了

贪睡的亨利·哈克曼一直在锄草。

村里有好多规矩针对野草。
规矩说野草是坏东西应该消灭。
野草说生命是纯净的可爱的，
野草像镇压不住的军团前仆后继地涌来。
贪睡的亨利·哈克曼锄草；村子发布的对野草的禁令不可更改。

中秋落日

池塘里赤红的金子，
落日弄皱了六点钟，
农夫在田里干完了活儿，
母牛在牛棚里胀起了乳房。

接收母牛和农夫吧，
接收牛棚和胀起的乳房。
留下池塘里赤红的金子
落日弄皱了六点钟。
农夫的妻子在唱歌。
农夫的儿子吹口哨。
我在池塘的金红里洗手。

我的人民

我的人民是灰色的，

鸽子是灰色的，黎明是灰色的，暴风是灰色的。
我认为他们很美，
    我好奇他们在去哪儿。

太阳暴晒的西部石块
Slabs of the Sunburnt West
1922

1920 年代的芝加哥

风 城①

1

马车夫干条条的手
伸出来指着这里，
选中了这个岔路口，画在地图上，
他们支起锯木架，固定好猎枪，
建起停驿马的地方，
建起停靠火车头的地方，
那是长着喷火的头的独眼马，
他们说："安个家吧，"就建起了一个像家似的地点，
他们看着这个角落有了铁路网，
　　穿梭的人群，往返的汽车，
　　荒僻的大地上形成了一座崭新的城市。

人们的手握紧了，拉实了，
人们的生命一天天消耗，
消耗的生命矗立成一排排摩天大楼，问：
我是谁？我是一座城市吗？假如我是，我的名字是什么？
一度有个时候，汽笛一阵阵呼啸，
人们回答：很久以前我们给过你一个名字，
很久以前我们笑着说：你？你的名字是芝加哥。

早先印第安人给这条河取了个名字，

---

① 风城(The Windy City)，芝加哥的别名。芝加哥位于密歇根湖与芝加哥河的交汇处，终年多风。

什—卡—戈，

那是个臭鼬活跃的地方，

一条散发野洋葱味的河。

它从蒸汽铲在发薪日唱的歌里发出，

它从建筑中铁铆钉的工钱里发出，

生气勃勃灯火通明的摩天大楼这会儿说起它像说一个名字，

向万顷海蓝色的湖水，向灰暗阴沉的陆地说起它：

我是芝加哥，我这个名字发自劳动者的嗓门，

　　　发自大笑的人们，我是个孩子，一件财富。

于是在五大湖，

大底图尔和大草原之间①，

生气勃勃灯火通明的摩天大楼矗立，

用黄色的棋盘图案，烟与银色的飘带，

　　　点缀蔚蓝傍晚，

　　　夜的阴沉的方头方脑的守望者们，

唱着一支温柔呜咽的歌：我是个孩子，一件财富。

2

一座风城的风歌该怎么唱?

在大风里唱，邪乎的杂七杂八的声音

　　　在风里刮跑了——留下刮不跑的

　　　　　　　　是干净的铁铲，

　　　　　　　　利落的铁镐。

一个孩子轻松吃完早点，背包里装上

　　　滑冰鞋、午餐面包、

────────

　　①　大底图尔(Grand Detour)，伊利诺伊州中部的城市。

地理书去上学。
坐车穿过河下的隧道
　　去学校听讲……波塔瓦托米人如何……
　　黑鹰……脚蹬鹿皮靴……
　　奔波在卡斯卡斯基亚、皮奥利亚、堪卡基和芝加哥①。

你尽可轻松坐下听个男孩唠叨
　　在伊利诺伊的波塔瓦托米人的鹿皮靴，
　　现在被屋顶和烟囱覆盖的城市
　　曾经是鹿蹄子写字
　　狐狸爪子签名
　　的雪地……供曾经的鹿皮靴……阅读。

可敬的纳税人轻松坐在
　　街车里看报，看黑夜盗贼的脸，
　　越狱，饥饿罢工，生活的开销，
　　丧葬的要价，罢工工人和破坏罢工的工人
　　在商店门口开打，罢工的人杀了工贼，
　　警察杀了罢工的工人——特刺激，
　　特刺激，总是特刺激。

你可以轻松听见男子服饰商店里顾客们
　　随意的唧唧呱呱——当个活死人
　　很容易——就是按个活人的手印去登记，
　　顶着个脑袋像死鱼。
有的人行道被殡仪馆的死人脚磨光了，

———————

　　① 波塔瓦托米人(Pottawatomie)，生活在密西西比河上游与五大湖西侧一带的印第安人；黑鹰(Black Hawk，1767—1838)是美国印第安人索克部落的首领。

一帮灌足了酒的行尸走肉，穿着最新款式的
短袜，抬起脚跨过门槛，
没见身子先见脸——顶着个脑袋像死鱼——
显摆他们的袜子——他们的袜子是
最后的话——顶着个脑袋像死鱼——那很容易。

3

把你自己绑在一座桥头堡上
听路过的人像黑色的急流，
　　行李，包袱，气球，
　　听他们唱起爵士经典：

　　"那时候你那么自恋，
　　现在你以为你是谁？
　　过来，推门进来，放松点。
　　你哪儿来那么些啰嗦话？"

　　"揍扁那些骗人的画家。
　　他们压根不会为你做什么。
　　你是怎么上了钩的？
　　告诉我，我会告诉全世界。
　　我会这么说，我会说真话。"

　　"你想要管我的闲事。
　　你这条可怜的鱼，马鲛鱼，
　　你没有弄明白上帝
　　给的是牡蛎——天下雨了——
　　你需要的是一把伞。"

　　　　"别说了，宝贝儿——

我啥都不知道。
我啥都不知道。
　别说了，宝贝儿。"

　"别说了，宝贝儿，
你有多大不要紧，
你看上去多大才重要。
你有什么不要紧，
你能得到什么才重要。"

　"把熏肉带回家。
放好了，利索点。
　把它们送去洗衣店。
我们要的是结果，结—果，
　该死的结果。
　　嘘……嘘……
你可以把一切修好
只要你找对修理工。"

"你们这些小气鬼，就互相骗吧。
互相传话，你们都是肉汁——
你们都该撒些芥末。"

　"告诉他们，亲爱的。
那不是真的，宝贝儿?
　当心你的脚底下。
　你说过的。
　你说的真妙。
我们都是一帮该死的牛皮匠。"

> "别说了宝贝儿!
> 　毙了它,
> 　全崩了它们!
> 　哇,哇,哇,哇"——
> 这是一首芝加哥的歌。

4

一个陌生人来这里很容易,展览他所有的著作,写本书,把一
　切搞掂——一个糊涂虫、一个酒鬼、一口袋风在这儿晃来
　晃去很容易。

去吧,记住这个城市从它心窝里搜出句箴言:"独立得像头冰上
　的阉猪。"
威尼斯是一片温柔的水的梦乡,维也纳和巴格达是黑长矛和野
　性缠头巾的回忆;巴黎是莫奈头脑里的一个想法,是剑鞘、
　衣料和墙壁上的灰色;伦敦是大雾里的一件实物,跨大西洋
　的汽笛在雾里哀鸣;柏林坐落在许多方方正正清刷洁净的白
　色庭院之中,在撕毁的算术书和契约之中;莫斯科炫耀一面
　旗帜,反复跳一个男人的舞,他走起路来像头熊①。
芝加哥从它心窝里搜出句箴言: 独立得像头冰上的阉猪。

5

原谅我们如果你看到单调的房屋一英里接一英里延绵不尽
沿着单调的街道直伸向大草原——
如果屋里的人朝街道嘟囔
难听的话——街上的声音只是说:
"沙尘暴要来了。"

---

　① 莫奈(Oscar-Claude Monet,1840—1926),法国印象派绘画的奠基人
之一。

原谅我们如果木头门廊和台阶
互相谩骂——
砖砌的烟囱紧靠着，朝对方的
脸上咳嗽——
摇摇欲坠的楼梯互相盯着
像贼一样盯着——
靠近铁厂的门前院子里的紫丁香
干枯很久了
短暂地冒出了一阵紫色的花。

如果小巷子里的垃圾桶
告诉开垃圾车的司机
孩子们玩耍的小巷就是天堂
天堂的街道闪闪发光
黄金的石头灿烂夺目
天堂里没有警察——
让那帮穷小子自得其乐吧。

如果窗台上铁皮罐里
生长的天竺葵
它们询问的问题不值得回答——
如果一个男孩和一个女孩追太阳
拿面筛子过滤烟雾——
由它去吧——答案是——
"沙尘暴就要来了。"

原谅我们，如果这伙笨拙幽灵的
爵士节拍
在萨克斯风的低音里呻吟，
如果他们踏着丛林的脚步，

发出狼牙的嚎叫，爪子撕扯的嘶嘶声，
鬼鬼祟祟地跑，静悄悄地注视，
斜着眯缝眼等待——
如果这打扰了可敬的人们
　　　他们的餐巾折得恰好，
　　　阅读着早餐的菜单——
　　　原谅我们——由它去吧——爱怎怎。

如果瘸子们用瘸腿坐着
一边叫卖新闻一边开玩笑，
"这么多条命就没啦！这么多条命就没啦！
这事故忒可怕！这么多条命就没啦！"——
如果又是十二个陪审员饶了一个女人，
"他错待了我；我崩了他"——
一个孩子脑袋的血
溅在了卡车轮子上——
一把 44 左轮手枪打响了
又一位银行信使的脑袋开了天窗——
一群男孩在铁路调度场偷了煤，
背着黄麻袋子飞跑，
警察打中了一个孩子，
那孩子只剩一只耳朵，在煤渣里抽搐，
一位母亲来了带回家
一个包袱，一个一瘸一拐的包袱，
给他洗了最后一次脸，
原谅我们，如果这些事发生了——再次发生——
又再次发生。

　　　原谅笨拙幽灵的
　　　爵士节拍，

丛林的脚步，
狼牙嚎叫，爪子撕扯，
斜着眯缝眼等待。

原谅我们如果我们干活拼命，
肌肉在我们身上粗笨地隆起，
我们压根不知道为什么要拼命干活——
原谅我们，那些大房子里住着小家庭，
小房子里挤着大家庭，
他们在互不理解的栅栏上互相鄙视；
怜悯我们，我们互相妨碍，互相残杀，
起初我们自信很懂，
后来又说我们也纳闷为什么。

高峰时段高架铁路的保安
把你单调的唠叨带回家吧：
"当心脚下。当心脚下。当心脚下。"
在口袋的小本子上记下一堵刷白的墙上
一个叫花子对一片紫菀花说的话：
"叫人人作自己的耶稣——这就够了。"

6

独轮车咧嘴笑，铲子和灰泥
　　建树一桩功业。
莫纳德诺克大楼、运输大楼、
　　人民煤气大楼的石头腿
　　站起来，搔挠天空。
独轮车唱歌，角尺和蓝图
　　小声交谈。
图书馆大楼以克雷拉的名字命名，它光秃秃的

像座畜牧场仓库，它亮得像根老鹰羽毛，
　　它的条纹像个飞机的螺旋桨，
　　它占了一条路①。
两根漂亮的新铆钉说："可能是上午了。"
　　"上帝才知道。"

建一座城市；拆一座城市；
　　再建；让我们找到一座城市。
让我们记住那个长着紫色眼睛的大个子男人，
　　他给了一切，祈祷着："挖土、做梦，
　　做梦、锤打，直到
　　你的城市出现。"

每天人们睡去，城市死去；
　　每天人们散了架，醒来
　　又去建设城市。

城市是个天天要打开的工具箱，
　　是每个早晨都会敲响的定时钟，
　　是一扇工厂的门，天天要清点
　　燃料库和工作服。

城市是个好玩的大气球、肥皂泡，
　　每个傍晚升上天空，在落日下
　　吹着拉格泰姆和吉格舞曲。

城市建成了，给忘掉了，再次建造，

_____

　　① 克雷拉（John Chippewa Crerar，1827—1889），主要从事铁路建设的工业家；他出资兴建的克雷拉图书馆现为芝加哥大学图书馆。

卡车把它运走运回，
司机们开着车迎着落日
吹着拉格泰姆。

每天人们起床，扛着城市，
　　扛着城市的燃料库和大气球，
　　举起它又把它放下。

　　　　城市对人们说，
　　　"我会毁灭很多回
　　　就像你们会建造我很多次，
我是女人，是家，是家庭，
我做早餐，付房租；
我给医生、送奶的、殡仪馆的人打电话；
　　我盯着大街，
　　看你们第一次和最后一次乘车——
干干净净跟我来吧，干净或脏兮兮地跟我来都行，
我是你们睡觉地点的石头和钢铁；
　　你们忘记的我全记得。
　　我会毁灭很多回
　　就像你们会建造我很多次。"

在地基下，
在顶盖上，
角尺和蓝图谈完了。
湖岸的风等待着，徘徊着。
湖岸的风鼓胀着，吹圆了沙丘。
早晨的星星眨眼清点城市，
却忘记了数字。

7

白色钟塔
耸立在林荫道和大桥的连接处
在夜的紫色里闪耀
只有路过的瞎子不知道。

路人，工厂里打卡上班的人，
　　出来透气的旅馆姑娘，
　　加煤的，开出租车的，擦窗户的，
　　裱糊匠，商店巡视员，代收票据的，
　　卖防盗警报器的，学按摩的学徒，
　　修指甲的女孩，脚病医生，浴室里擦背的人，
　　酒鬼，清洁帽子的，缝袖眼儿的，
　　熟食店店员，使铲子的工人，辛勤工作的人——
他们都要经过桥，他们都抬头看一眼
　　白色钟塔
　　耸立在林荫道和大桥的连接处
　　在夜的紫色里闪耀——
有时一个人会说："他们干得不差。"

说点叫人得意的事，给它们编个目录。
折叠桥打开了，运矿石的船，
　　运麦子的船通过了。
三列长途火车同时抵达，
　　一列来自孟菲斯和棉花带，
　　一列来自奥马哈和玉米带，
　　一列来自杜鲁斯，产木材和钢铁的地区①。
一辆运菜牛的卡车上周从怀俄明的谷地启程，

───────────────

① 孟菲斯（Memphis），位于美国东南部田纳西州，是该州最大城市；杜鲁斯（Duluth）是位于明尼苏达州的苏必利尔湖边的港口城市。

昨天到了，今天砸脑袋，剥皮，大卸四块，
　　吊在冰库里，说起每天这些单调的生活场景，
　　吊起来的牛头、牛皮、牛腱子、牛蹄子，还挺有节奏。

8

人民就是城市，这个想法很明智。
如果城市的人民迁走了，不留一个人
　　　看守维护城市，
城市必将坍塌，崩溃，消失，
　　　在风里化为灰烬。
在劳动的人、欢笑的人来到之前，这里根本
　　　不曾有过矗立的城市。
明天新的劳动的人、新的欢笑的人来了，
　　　建造起新的城市——
摩天大楼生气勃勃灯火通明，街灯传递夜的暗号，
　　　明天会有它自己的一套语言。

9

夜把自己凝聚成一团黑黯的纱。
夜松开了纱团，任它散开。
守望者从密歇根湖岸上看
　　　夜追随着白天，灰色的湖面
　　　传来船射出的信号弹，砰！砰！
夜让黑黯的纱团散开，夜讲述着，
　　　纱化为了雾和蓝色的丝线。

守望者回看城市。
道道峡谷麇集在夕阳

　　红沙似的光芒中①。
细小的颗粒落下，筛滤，蓝色消失，
　　黄光穿透。
混合的光柱堆积起它们的刺刀，
　　与交叉的枪柄干杯。
道道峡谷麇集，
　　守望者在黄昏中
以高楼大厦的山岳语言讲述
街道上的亮点……铁路交易大楼、
人民煤气大楼、莫纳德诺克大楼、运输大楼，
化入朦胧之中。

河兜了半个圆圈，
鹅岛的桥架在
　　弧形的河上②。
　　河为桥展现了
　　全景式的画面，
　　星星点点……闪闪烁烁，
　　毫无章法的星点闪烁，
　　街灯和探照灯的暗号，
　　灰色和黄色的弧形花枝。

10

一个见证人曾经来到，说：
"我倾听五大湖，
我倾听大草原，

———————————

　　① 峡谷，喻指高楼之间的街道。
　　② 河，指运河，在鹅岛西侧半圆走向；鹅岛东侧为直行的芝加哥河；鹅岛是芝加哥的工业区。

一千年来它们只说过
一次悄悄话。
一个说：'有的城市很大，'
另一个说：'有的城市不大，'
一个黑色的山丘吓唬绿色的海：
'有时所有城市都灭亡了。'"

风城的风，来自大草原，
　　来自梅迪辛哈特。
来自蓝色的内海，所来之地
　　为你给城市取了昵名①。

秋天的玉米风，来自黑土地，
　　来自玉米穗的低声絮语，
　　拍打着的宽大的长叶子。

夏天蓝色湿润的风，来自碧波万顷的
　　湖，把内海蓝色的手指带给你，
　　把蓝色的凉爽带到我们的家。

纯净的春天的风，来自羊毛似的云，
　　来自流淌的融化的雪，
　　像雪天里出生的孩子的手臂一样纯净。

冬天阴沉的争战的风，随着撕开一切的
　　暴风雪到来，它是饥饿的猎杀的

---

① 梅迪辛哈特（Medicine Hat），加拿大西南部城市。 加拿大中南部的平原和美国中西部相连，都属于大草原地带。内海以及此诗里的"海"均指五大湖。

风暴，携带争战的阴沉在冬天来临。

风城的风，
玉米的风，海洋蓝色的风，
纯净的春风，阴沉的冬天的风，
来到在这里的家——它们为你给一座城市取了昵名。

湖岸的风等待着，徘徊着。
湖岸的风鼓胀着，吹圆了沙丘。
早晨的星星眨眼清点城市，
却忘记了数字。

夜里的华盛顿纪念碑①

1

岩石挺直，
精瘦的泳者潜入夜空，
进入半轮月亮的迷雾。

2

两棵黑如煤炭的树。
两者之间是伟大的白色幽灵。
坚强的男男女女来到这里。
注视它，很酷。

---

① 华盛顿纪念碑，位于美国首都华盛顿特区的仿埃及方尖碑式的建筑。

3

八年是一段漫长的时间
战斗，一直在战斗。

4

共和国是一个梦。
没有梦就开创不了事业。

5

一年圣诞节弗吉谷寒风刺骨。
士兵们拿破布裹住双脚。
血红的脚印在雪地上涂写……
……在这里岩石直插星群
……挺入今夜半轮月亮的迷雾。

6

争吵的舌头想要抹黑一个人。
他扣上大衣，独自站立。
在暴风雪里，红色的冬青果，思考，
　　他独自站立。

7

女人们说： 他很孤独
……战斗……战斗……八年……

8

一个铁人的名字传遍世界。
想忘记一个铁人要花漫长的时间。

9

....
....

逆流而上

坚强的人永远向前。
他们被射中，被绞死，病死，揍烂，
　　才会倒下。
他们活着就要战斗，歌唱，
　　幸运得像群赌徒。
坚强的母亲
　　推着他们……
坚强的母亲
　　从黑暗的海里，从大草原，
　　从大山里把他们拉出来。
喊一声哈利路亚，喊一声阿门，
　　喊一声多谢。
坚强的人永远向前。

在坟墓门口

文明被建立又被击溃
和保龄球道上的瓶子相同。

文明落进垃圾车

和土豆皮和锅垢
一样被拖走。

文明，全部艺术家，发明家，
梦想者和天才的杰作，
一件件进入了垃圾堆。

别说它了；在坟墓门口
沉默是种天赋，沉默吧；写在风中的
墓志铭说，飘在风中的天鹅歌声里说，
沉默是种天赋，那就沉默吧；忘掉它。

如果有傻瓜，贫嘴，贱舌，站起来说：
让我们创造一种文明，勤奋和天才的
神圣美丽的造物，将经久不衰——

如果有这样吵闹的笨蛋站起来，让人听他的
——把他撵出去——叫他住嘴——关起来
关在里文伍斯——铐在亚特兰大的牢房
——让他在辛辛监狱里拿锡盘子吃饭——
在圣昆丁当个无期徒刑犯，毁了他。

这就是规律；当一个文明死亡崩溃
就和所有死去的文明一同去吃土
——这是规律，所有肮脏疯狂的梦想家都死得最快——
堵住他们的嘴，关起来，杀死。

既然在坟墓门口沉默是种天赋，
那就别说它了，沉默吧——忘掉它。

价值提高了的农场

高大的森林曾经挺立在这里，现在这里是个玉米农场靠着莫
　　农河。
过去这里半英里的树把它们的根深深扎进土壤，抓牢了，对抗
　　风暴。
后来伐木工来了，斧子尖啸，木头片儿飞——瘦高的伐木工先
　　砍大树，白桦和橡树，再砍灌木。
炸药，车子，马拉走了树桩——犁把牙齿插进土壤——现在这
　　里是头等的玉米地——是价值提高了的地产——猪在饲料
　　作物里哼哼唧唧。
靠着莫农河的这半英里地的玉米农场价值提高了，它是大草原
　　的一小片，现在难以叫人记起曾经有个森林大家庭在这里
　　歌唱。

入　门　课

你使用那些得意的字眼要当心。
你一旦让得意的字眼说出口，
　　召它们回来可不那么容易。
它们穿着坚硬的长筒靴，
　　得意地跨步走了；
　　它们听不见你的召唤——
你使用那些得意的字眼要当心。

阳光暴晒的西部石块

1

驶入夜，驶入夜的巨毯，
驶入夜雨的众神之中，夜的命运的众神之中，
长途旅客列车穿越大陆。

　　站起来，红色的砂岩石块，
告诉穿越大陆的旅客是谁暴晒了你。

告诉他们打孔机和螺丝钻怎么松动了你。
告诉他们谁用脚后跟蹬你，站在你脑袋上，
谁把日落时粉红的雾蒙在你脸上。

广阔的夜空，灰冷的面板，
通往美国大荒野的大门，
　　老天叫马车夫们不停祈祷，
　　骑手们带着鹤嘴锄、铁铲、步枪，
在老路上，圣达菲小路，拉顿山口，
夜空、大门听我们在圣达菲小路发出的祈祷①。

　　（一只巨大的杂种蛙
　　蹲在岩石里。

---

　　①　圣达菲小路(Santa Fé trail)，在 19 世纪是连接美国北方中部与西南部
的交通要道，起止于明尼苏达州的布恩维尔和新墨西哥州的圣达菲。拉顿山口
(Raton pass)，位于圣达菲小路上科罗拉多州与新墨西哥州交界处。

他曾经叫过。
后来他冻僵了
永远闭上了嘴。）

长途旅客列车驶入夜，
红色的砂岩石块沉入了殷红的暮色，
夜的巨毯覆盖了它们。
夜雨的众神，命运的众神，注视着。

接着走，马队。
把你的帽子系在鞍子上，走，骑手。
让你的马驹拖着脐带走在沙子里。
饿死了；把你的骨头留在荒野的沙子里。
荒野容纳你，风是干净的。
在嘈杂的夜，风这样说。
　　一个人的指骨
　　挨着一个煎锅的把儿
　　和一匹马的蹄骨。
在嘈杂的夜，风低语："我们是干净的。"

长途旅客列车驶入夜，
司机用一只眼搜寻信号灯，
列车员为旅客整理车厢，
餐车里的小伙子锁上冰柜——
餐车里六个人抽着雪茄谈起"文明"，"历史"，"上帝"。

长途列车驶入夜的巨毯，
马队走进夜的黑黯，
　　一匹马驹的幽灵走在旁边，
　　一顶帽子系在鞍子上，

草原大篷车的车辙
淘金者的鹤嘴锄把儿
在荒野的尘土中，
在盐碱地的灰狼群中颤抖起舞。
还有——六个人在餐车里抽着雪茄谈起"文明"，"历史"，
"上帝"。

睡吧，奇妙的怀着渴望的人们。
合上眼睛，在漫长的寒冷里打盹儿，
　　善待你自己；
长途旅客列车驶入夜，
睡眠的人们等着看早晨的太阳
　　和亚利桑那大峡谷。

2

一团蓝鸟蓝
一团灰鼠灰
掠上蹿上峡谷峭壁。

一位骑手来到峡谷边缘
荒野大地上的一道裂缝——
长腿长脸的骑手
骑着又呆又脏的毛驴——
边走边问："怎么来的？怎么来的？"
长腿长脸的骑手说：
"在脏毛驴的俩耳朵中间
我看见十英里的棕红、金黄和绛紫——
我看见大门在门槛上敞开，
总是有另一重门和门槛。
你这棕红、金黄和绛紫，骗我的眼睛吧，

用你飘浮的梦填满我的脑袋。
骗我，把我刮下来脚踩上你无根基的地板。
让我在空中的路上踏步。
用在棕红、金黄和绛紫上的足迹骗我，
这最后的紫色微光出自你
飘浮的梦——我要骑上一匹毛驴
唱着歌来到，向那门槛上最后的足迹
高唱哈利路亚。"

那人拿起铅笔头
在脏驴子耳朵中间
速记下一条长长的备忘录：——

"上帝留着长胡子坐在天空里。"
我还是孩子的时候就这么说过。
因为留长胡子的人们把这话
灌进我的脑袋。
　　　上帝……关于你……他们撒了谎……
　　　他们撒了谎……

五重门和门槛的另一面
安装在我的宅子里——
在第一重和最后一重门槛之间
有多少折页、门板、把手
有多少锁和门楣
安装在门和门槛上？
它们曲曲折折，率性随意。

"从十英里棕红、金黄和绛紫上的足迹
传出一首古老的歌：

这些死者将再次复活，
是的，孩子们，这些死者将复活。

"穿过我的五重门
那边也许有五千万重门，
星星带着把手、锁和门楣，
星星带着火箭的骑手，
星星带着火焰的泳者。

"骗我的眼睛——我又来了——
骑一匹毛驴——唱一首歌——
放声高唱哈利路亚。

"如果上帝是个得意老练的砌砖工，
如果上帝是位住在白金天堂里的君王，
如果上帝是位老板，是位一直守望的守望者，
我来了走在丢人的老路上，
骑一匹毛驴，唱一首歌，
放声高唱哈利路亚。

"面对十英里飘浮的
棕红、金黄和绛紫，
面对朦胧暮色中落日的足迹，
　　　我问：
我怎能用我的舌头去品味一个没有舌头的上帝？
我怎能用我的手指去触摸一个没有手指的上帝？
我怎能用我的耳朵去聆听一个没有耳朵的上帝？
或者去闻一个早就失去了鼻子的上帝？
或者去看一个从不需要用眼睛观看的上帝？

"我的头颅在你脚下，上帝。
我的头颅是一锅盐碱土
被你的脚踩松了——你的风的脚
在朦胧暮色中踏步。

　　　（一团蓝鸟蓝
　　　一团灰鼠灰
　　　掠上蹿上峡谷峭壁。）

"坐在大裂缝的边缘
严寒的风暴凶猛抽打，
我问为什么我活着靠这五根拐棍，
舌头、耳朵、鼻孔——都残废了——
眼睛和鼻子——都残废了——
我问为什么这五样都残废了
瘸着腿，斜着眼，说不出话，
为什么他们板着最古老的脸，说：
　　　　人是个贫穷的蹩脚演员，是个可悲的傲慢家伙；
　　　　如果他穷，他就不能穿礼服；
　　　　如果他穿上了礼服他也不知该去何处。

"很远很远，在一个绿月亮上
一匹蓝色的瞎马吃白草，
　　　那匹蓝色的瞎马知道的比我多，
　　　因为他见识比我多，
　　　他瞎了后全记住了。

"很远很远，在另一个绿月亮上
有一个生活在海里的孩子，他没有
我的鼻子、手指，没有我拥有的一切。

海里的孩子知道的还是比我多，他对我
唱神秘的歌，奇异得就像光
之于地下的鼹鼠。
我懂这个孩子就像一条中国的
黄肚皮鲇鱼懂在密歇根的
果园里九月日出时摘桃子的人。

　　"海洋的威力，涌起的巨浪
　　　在其下古老地球的火焰燃烧，
我屈指掐算沙子的含义。
我派出五个梦游人去打听我是谁，
　　　我的名字和编号，我从哪里来，
　　　要到哪里去。
他们出发了，望，听，思忖，发射了一枚闪着白色火焰的火箭
　　　跨越夜空；火箭的轰鸣和火焰渐渐消逝了；夜恒如往昔。
我的五个梦游人回来了；他们说他们有了给我的答案；他们告
　　　诉我：**等待**——当火箭发射跨越天空、渐渐消逝时，他们
　　　全听到了这个暗号：**等待**。

"我坐着，拿着五个望远镜、放大镜、分光镜，
我坐着，通过五扇窗户望着，听着，品味着，闻着，触摸着。
我坐着，计数了五百万场烟雾。
传信者，传信者，回到我的窗台。
有些是鸽子，咕咕叫着清洁它们的尾羽，聪明地看我。
有些是鸽子，翅膀折断了，眼里含着痛苦死在我的窗台上。

"我行走，严寒的风暴凶猛抽打；
在十英里石砾的山坳里我用双脚坐下。
在这里我询问为什么我是一袋子海水给锁在
一副骨头架子里，给放在陆地上行走——

在这里我瞧着那些深红的爬虫，蜘蛛
以它们头上紫色的斑点为记号，迎着太阳
抛出两个、四个、六个银色的网。
在这里我望见两英里下方的海的沟渠，
挑拣了一条蜿蜒的带子，一条吃客河，
一个水磨工；它是个被秒表派去
跑步的家伙，它是个干急活儿的破坏分子。"

    （一团蓝鸟蓝
    一团灰鼠灰
    掠上蹿上峡谷峭壁。）

打斗的公羊，瞎了的骡子，带枪的警察，
卡车拖运花岗岩的山洞，大象抓住了
大猩猩把它勒死，大教堂，圆形竞技场，
车站站台，望远镜里看到铁路上火车一百八十度
翻车，累得半死的书呆子，一堆堆头骨，
满是空穴的山，君王和黑帮的木乃伊，
工作队和遇难船员的记忆，风的呜咽和
海的咆哮，这一切都冻结在、捆绑在通往
新的螺旋塔的小路上——

为一位独眼巨人准备的扶手椅；
椅子左边长着两棵松树；
一只蓝鸟来了，坐下，走了，又来了；
一只蓝鸟疾飞，叽喳叫……飞出飞过……
倒塌的摩天大楼和失事的战舰，
画着耶稣受难与婚宴早餐的墙壁；
废墟，废墟——一头畜生在啃在刨——
在啃在刨，溜走了：这是**它**。

垮塌了，畜生在干活。
白纱蒙在一位妇人脸上。
一只眼窝充满忧郁与惊奇。
畜生牵拉着头卖力干活。
雾与光与风的母亲小声说：　**等待**。

光的编织者在红色里编织得最好，
　　在蓝色里编织得较好。
影子的编织者在暮色里编织；
　　年轻的黑眼睛的女人们跑，跑，跑
　　进夜的星星的家；年老的女人们
　　坐着编织，为了夜雨的众神，
　　为了夜的命运的众神编织。

十八位年老巨人甩出一个金红影子的球；
他们一一走过它；双手举起来接住它；
他们拿棒子把它击飞，练习；他们开始了比赛，
他们击球后跑向本垒，有两个垒打；
投手抛出内射球、曲线球欺骗对手；
魔鬼是裁判，上帝是裁判；比赛
以黑暗评定胜负。

　　一团蓝鸟蓝
　　一团灰鼠灰
　　掠上蹿上峡谷峭壁。

3

晚安；这字迹潦草写在广阔的荒野
灰冷的面板。
晚安；写在圣达菲小路上

天空的巨毯，编织进最古老的
印第安毯子的歌。

陆地上的老家伙，海上破浪的人，一遍又
一遍这样说，晚安，晚安。

把你的帽子系在鞍子上，
走，走，走，哦，骑手。
铺好你的铁路和电线，
走，走，走，哦，骑手。

那些衰老疲劳的星星说
你会早死，死得很脏。
那些干净寒冷的星星说
你会晚死，死得干净。

那些逃走的星星说
你永远不会死，
永远不会。

早安,美国
Good Morning, America
1927

诗的尝试性定义（第一个模型）

1　诗是一种投射，越过韵律的沉默，以回音、音节、波长的明确意向去打破那沉默。

2　诗是一种使用人类语言的艺术，这材料的可塑性让人瞠目结舌。

3　诗是介于两个瞬间的细微差别的转述，那时人们说："听！"和"你看见了吗？""你听见了吗？它是什么？"

4　诗是跟踪一个有限声音的轨迹，至它回音的无限之点。

5　诗是一个序列，包含标点、破折号、深度拼写、密码、歧义和几束月光。

6　诗是一场木偶表演，骑着火箭的人、潜到深海的人神聊着第六感和第四维空间。

7　诗是一种策略，为喷泉里青铜山羊的面孔留个开口，可饮用的清水就流出来了。

8　诗是一个滑结，紧缠在一个念头、两个念头、一个最终混杂的念头的节拍上，没有一个能够确定。

9　诗是一个回音，请求一个影子舞者作伴侣。

10 诗是一头海洋动物在陆地生活的历程，它想飞上天。

11 诗是对地平线上匆匆消失、来不及解释的生活的一系列解释。

12 诗是一块化石，有一个鳍和一个翅膀的印迹，两者之间还有难以辨认的誓言。

13 诗是一架钟摆的展览，你看得见它的外壳，它的内部连接着若干其他的看不见的钟摆。

14 诗是一片天空，被迁徙的野鸭遮暗。

15 诗是对音节的搜索，要去射击未知和不可知的屏障。

16 诗是速写本里的随便一页，画着一个门把手，上面有尘土、血和梦的指纹。

17 诗是一种字体设计，为了乐趣、仇恨、爱情和死亡的字母表。

18 诗是五个神秘愿望的暗号索引，装在一个空心的银弹里喂给了一条飞鱼。

19 诗是一条打结的黄丝帕，写满谜语，封在气球里，拴在风筝尾巴上，随纯净的风在春季的蓝天飘舞。

20 诗是一支给单人踢踏舞伴奏的舞曲，愚蠢地搭配着最庄严肃穆的死亡进行曲。

21　诗是一牙月亮，遗失在金蛙肚子里。

22　诗是模仿寻找百万美元时发出的嚎叫和失去百万美元时发出的大笑。

23　诗是一株花在泥土里挣扎的根和它在阳光里开放的花朵之间的沉默和谈话。

24　诗利用了那悖论，大地养育了生命，然后埋葬它。

25　诗是一扇不断打开、关闭的门，留在外面的人猜测在那一瞬间看到的事情。

26　诗是清晨的蜘蛛网，讲述夜里在月光下织网、守候的故事。

27　诗是一系列方程的陈述，有变化的数字和符号，如同变化的镜子、池塘、天空，唯一永远不变的记号是无限。

28　诗是一背包无形的纪念品。

29　诗是一片河雾与移动的船灯，在桥与汽笛之间传话，一个说："哦！"一个喊："怎么啦？"

30　诗是以运动的方式安排了静止的音节。

31　诗是最容易的算术题，是长满报春花的路，搭配着在通往星星的艰难路上两肋是汗的马、淌血的关节和尸骨①。

---

　　① 　长满报春花的路，原文为 the primrose path，隐喻（通往灾难的）享乐之路。

32　诗是盛满幻想的盒子，被事实的皮带扣紧，却蠢蠢欲动。

33　诗是清点那些鸟儿、蜜蜂、婴儿、蝴蝶、昆虫、女巫和两足动物，给它们找出通向叫人迷惑的城堡的道路。

34　诗是幽灵的笔迹，讲述彩虹怎样形成又为何消失。

35　诗是一个隐喻，连接白蝴蝶的翅膀和被撕扯的情书碎片。

36　诗成功地结合了风信子花和饼干。

37　诗是一种神秘、感性的数学，有关火、烟囱、华夫饼干、三色堇、人和紫红日落。

38　诗在深思熟虑的词语的三棱镜里，成为了一幅画、一首歌或一种眼力的俘虏。

早安，美国

1

傍晚，一支落日奏鸣曲奏响城市。
几支小部队行进，随着鼓声渐行渐远。
摩天大楼把高耸的墙壁化为黑色堡垒，投在西部的红色天空。
摩天大楼把它们直立的文字远远扣上星星和大街的变幻的银三角。

谁建了它们？谁建了摩天大楼？
人建了它们，那些两条腿的小丑，人。

从他的头脑里，从他的梦中，构思了这画面，
从他的头脑里轻轻飞舞出小小得意的图形——人建了摩天
  大楼。
用他的手，用铁铲、铁锤、手推车，用发动机、传送带、信号
  哨子，用桁架、模型、钢、水泥——
带上蓝图爬上脚手架，骑在大梁上悬挂半空大叫，上来，伙
  计们——
    人建了摩天大楼。

当一座摩天大楼拆了，
腾出地方让更高的楼拔地而起，
谁拆了、谁建了这两座摩天大楼？
人……两条腿的小丑……人。

2

坐在马车里的老伙计们说：
"那些山里有金子。"
马车上涂写着：
  要么去派克峰要么当穷光蛋①。

落基山重重叠叠矗立天边。
日出和曙光在天边洗涤每一个早晨。
日落时浮云如羽毛、泡沫漂荡，由朱红褪为浅粉。

  如此，
  确实如此，
事实就是事实，铁板钉钉，锁定不动。

————————

 ①　派克峰（Pike's Peak）属于落基山脉，位于科罗拉多州境内，在1858—
1861年间有约十万人去那一带淘金。

事实就是羽毛、泡沫、飞翔的幻影。

尼亚加拉是一个事实，一只小蓝鸟啁啾着飞在瀑布上——

自问：在这里我们有什么？

我们是怎么来到这里的？

古老山脉上的石丘

凹下隆起成为天空中的一道曲线。

黄昏拖着长长的投影降临。

现在是什么时候？

谁是阿兹特克人和祖尼人①？

我们在乎卡何齐亚的什么②？

从这里我们要去哪儿？

事实是什么？

3

事实锁定不动；事实是幻影。

老式的单匹马拉的犁是事实。

一台崭新的农用拖拉机是事实。

事实锁定不动；事实与鸟翼同飞。

血与汗是事实，还有

想象中的掌控，回顾与展望，

螺旋，枢纽，码头，退路，

文明的信号灯与黑暗之星。

———————

① 阿兹特克为公元 14 至 16 世纪于今墨西哥出现的文明；祖尼人为居住在美国新墨西哥州西部的土著人。

② 卡何齐亚为伊利诺伊州西南部的一个乡村，附近有由大约 85 个史前本土美洲工地组成的卡何齐亚丘。

现在一个人的头颅，他的眼睛，是事实。

他在自己头脑里如在镜子里看见

教堂，轮船，桥梁，铁路——摩天大楼——

制定了方案，画出了蓝图，

设计、路线、形状，写得一清二楚。

于是从事实到事实，事实在推进，构成，交叉。

然后涌现更多，然后是流血流汗。

然后有痛苦和死亡，高喊和呻吟，

两个发薪日之间的大声哭泣。

然后，最后的幽灵迈上了工程。

工程耸立起来，集中了所有事实，

教堂，轮船，桥梁，铁路——摩天大楼——

对广阔的天空愉快地问个好，

抖擞精神作为致谢：

  "浩大的工程落成了。

  感谢上帝，我们建造了它。"

事实锁定不动；事实与鸟翼的幻影同飞。

4

我端详过大地，看到蜂拥的不同人民信仰不同的上帝——

白人向白色的神祈祷，黑人向黑色的神祈祷，黄种人在祭坛前
  向黄脸的神祈祷——

在烈火中他们画的神赤裸身体；在冰岩中他们画的神穿得毛茸
  茸的像头北极熊——

我遇见过一些因战争而缺胳膊少腿的痛苦的人，他们说上帝是
  健忘的，他太遥远，太遥远了——

我遇见过一些人说他们和上帝面对面交谈；他们向上帝问好；
  他们和上帝搞熟了，亲密聊天——

我遇见过另一些人说他们害怕面对面看到上帝，因为他们询问
  问题时上帝也许会问他们问题。

我看到了这些事实，上帝与人，这些焦虑的渺小的人渴望一
　　个家。

我看到了这些事实，谦卑的蜜蜂和炫耀的蝴蝶，黄鹂和啄木
　　鸟，金翅的蛾子和粉红的瓢虫——
我看到了黄昏的天空飞满鸟群——我听见了深蓝暮色里人类的
　　螺旋桨和晚间航空邮递飞机发出的嗡嗡低沉的声音，从奥
　　马哈到芝加哥，飞越了艾奥瓦和伊利诺伊——
我说过：在我们理解上帝、鸟群和天空之前，将会有大量新的
　　飞机、航班、推进器飞上天空。

5

我看到过许多伟人的塑像被竖立作为事实的纪念和证明——
雷夫·埃里克森的坚硬、深紫的青铜像，像个消瘦凝固的影子
　　站立在威斯康星的山上，探索的眼神俯瞰密歇根湖①——
哥伦布的铜像是个中心，来自世界各地的航船汇聚在喧闹的曼
　　哈顿——
华盛顿的大理石雕像栩栩如生，矗立在弗吉尼亚里士满的国会
　　山上古罗马式的纪念堂里，他以高傲的笑容倾听着周围的
　　摩天大楼——
安德鲁·杰克逊骑马的雕像，腾起的马以后腿站立，前蹄旭在
　　空中，尾巴飞扬，将军举起军帽向共和国的公民和士兵
　　致意②——
尤利西斯·格兰特，忧郁严肃，在一匹青铜马上聆听密歇根湖
　　无尽的白浪向伊利诺伊的倾诉——
罗伯特·李，斜躺在洁白岩石中，以露营睡眠的姿态安静地睡

---

　　① 雷夫·埃里克森(Leif Ericson)，挪威探险家，被认为是第一位登上北
美洲的人(格陵兰岛除外)，早哥伦布五百年。
　　② 安德鲁·杰克逊(Andrew Jackson，1767—1845)，美国第7任总统，曾
是美国独立战争期间的将领之一。

在爱戴他的人们之中，在南方的什南多山谷里①——
对林肯的纪念活跃在从海岸到海岸的公路干线上，跨越州际的
　　界限，低声诉说： 姐妹们，要互相关爱；兄弟们，不要
　　争斗。

6

我们可以问——花是一个事实吗？
一朵单薄脆弱的花
长出故乡的土地
它的花瓣的气息
会成为寥寥几天的纪念吗？
会被蜜蜂和风当作一个记号吗？
每个州会挑选出它最喜爱的花
说，这是我，我们，这朵花来自大地的泥土，这是一个家向我
　　们的眼睛发出的问候，这些叶子抚摸着我们到处走动的
　　脚，我们的孩子和孩子的孩子。
在伊利诺伊，沿着铁路线有蓝色的矢车菊——
明尼苏达的大森林里藏着粉红的杓兰——
草原的野玫瑰在艾奥瓦的公路上蔓延——
加利福尼亚有金色的虞美人，亚利桑那有巨大的仙人掌——
密歇根有苹果花，肯塔基有凌霄花——
华盛顿和西弗吉尼亚有杜鹃花——
怀俄明有印第安山柳菊，蒙大拿有苦根花——
内布拉斯加有生生不息无边无际的金菊花——
犹他有蝴蝶百合，南达科他有铁线海棠——
北卡罗来纳有牛眼菊，佛罗里达有橙子花——
路易斯安那有木兰花，特拉华有桃花——

---

　　① 罗伯特·李（Robert Edward Lee，1807—1870），美国内战时期南方军队的将领。

堪萨斯的向日葵无声欢笑地致敬——
老布法罗有三叶草，行进中的得克萨斯有蓝帽花——
清寂的缅因州有松花和松果——
　　它们会跻身于我们幻影的事实中吗？

7

事实是幻影；事实始于
一株芽，一粒种子，一个蛋。

一个英雄，一个歹徒，一个两者皆是的人，
一种艰辛的两副面孔的受驱赶的命运，
沉睡在蛋的秘密中。
假设一个蛋能讲话回答问题，
　　蛋，你是谁，你是什么，你从哪里来，要到哪里去？
假设一个蛋能打破障碍，穿过干扰，讲出那许多，我们就可以
　　讲出大地的来源——
　　　　　我们是怎么长着头发、肺和鼻子来
　　　　　坐在大地上吃早餐，
　　　　　和伴侣睡在一起，
　　　　　在睡眠之间向月亮致礼，
　　　　　沉思泥土中的虫子
　　　　　它们怎么就没有泄露
　　　　　它们命中注定的黑暗独裁统治的目的。
有一个蛋讲述，我们就会理解一万万个蛋。
新生的婴儿，胎发才干，
裹在柔软的襁褓里搜索着乳头，
来自古老的爱情的付出日，
与月亮的周期密切相连，
与血中精华的秘密巧妙相连，
它必定古老得胜过月亮，胜过咸味的大海。

国家能追溯到蛋的秘密吗？

能追溯到那没有泄露天机的开端？

我们能询问未出生者，蛋，你是谁？蛋，请披露你的意图。

国家开始时像婴儿一样稚嫩，

它们吮乳，挣扎；它们长大；

它们辛劳，战斗，欢笑，受难，死去。

它们遵从月亮的周期。

它们追随昼夜晨昏的时序。

它们站起来，在四面来风的天地里打发日子。

黑夜的星空注视它们的起始与衰退，在新来者之前，在沉寂之
　　前，在天地空虚之前消失。

它们留下旗帜、标语、字母、数字、工具、激情表演的故事；
　　它们留下蛀虫、手稿、纪念品。

于是，在四面来风的天地里

来了个小家伙叫美国，

它吮乳，挣扎，辛劳，欢笑，长大。

美国开始时像个婴儿一样稚嫩。

年青的共和国有它的襁褓，

儿童衬衣，裤腿膝盖上蹬起的鼓包。

　　现在谁能读懂月亮的周期？

　　谁会预告它的血中精华的秘密？

8

追溯回望那些人，骑着马，坐在鞍子上，闻着皮革的气味，去
　　波士顿，去里士满，穿着天鹅绒的灯笼裤、长丝袜、有银
　　扣带的拖鞋，头戴扑粉的白假发，讲着"先生阁下"，唱
　　着《上帝赐予你快乐，先生们》，去应付那些修楼梯和山
　　墙的木匠，他们从日出到日落用手干活；他们敲手工制作

　　的钉子，在他们的木工活儿上磨光了手①。

回望；他们在银制金制的鼻烟壶里拈动手指，举起大杯啤酒，
　　讨论的话题有关多少英里内县、区的行政划分；一位绅士
　　整天骑马巡视他的地界；监狱的门用铜锁锁牢了那些社会
　　渣滓和有罪的负债人。

　　回望，
　　很久以前。
　　美国是个新生儿。
　　共和国是个婴儿，是个孩子，
　　胎发刚擦干，
　　眨着眼，新裤腿的膝盖上蹬起鼓包。

回望；有一个插曲；带篷马车里的人，穿着鹿皮衣，携带六响
　　的来复枪向西飞奔，哈瓦那雪茄，长马裤，密西西比河上
　　的汽艇，电话线，火车头。

　　是的，是有一个插曲。
　　有些事发生了，总有些事要发生。
历史是一匹活马嘲笑木马。
历史是一股随意刮着的风。
历史是件不确定的东西，不好打赌。
历史是装满阴谋诡计的盒子，钥匙丢了。
历史是座有许多滑门的迷宫，是本用暗号写成的书，密码藏在
　　萨戈萨海的洞穴里②。

---

　　① 《上帝赐予你快乐，先生们》，为最古老的圣诞颂歌之一。
　　② 萨戈萨海（Sargossa sea），萨戈萨曾是19世纪英国皇家海军的一艘舰艇
的名字；萨戈萨海，地点不详。

历史说，如果它乐意，就原谅我，我请求你的饶恕，如果我能
　　做到，它将再不会发生。

是的，有过一个插曲，
幻影在血桶里一遍又一遍
洗它们的白衬衣——
最悲惨的幻影从葛底斯堡站起
想要辨清是非，它留下了大多数绝口不提，它们在风里。

岁月携带他们的编号、姓名走过，
　　如此之多的新生，如此之多的死亡。
又是四骑士夺走他们的欢笑①。
人们在风里行走，从天空翻下。
人们在海下搏斗，在海底与锈迹斑斑的汽轮机一起浸泡他们的
　　白骨。
人们中了子弹、炮弹、刺刀、毒气，去啃泥，
一千万人没时间告别就归西了，
两千万人终生残废了，
瞎了，受惊了，风暴里受摧残的孩子。
小伙子们从海外的战乱归来，
从无人之境的掩护炮火中归来，
唱着《漂亮小姐跟你说》②。
他们深沉的目光在说：
"不要问我，我无话可讲。"

---

　　① 四骑士，即天启四骑士。根据《圣经·新约·启示录》，在世界末日
前四位骑士来到世界，分别带来瘟疫、饥饿、战争和死亡。
　　② 《漂亮小姐跟你说》(*Hinky Dinky Parley Voo*)是第一次世界大战期间
参战美军士兵在行军和饮酒聚会时唱的歌曲。

9

钢、煤、石油、试管作为事实，作为主宰者出现了，
　　和各国大使们站在落成典礼的仪式上。
在东西海岸之间出现了错综交织的血管和骨骼，神经和动脉，
　　铁路和公路，航线和机场，隧道，电线，高频低频的广播
　　直通收音机。
列车广播员呼叫全体乘客登上穿越大陆的快车，从海岸到海
　　岸；驾车的旅行者购买汽油，随候鸟迁徙。

水泥公路在不停顿的两吨、十吨卡车轮子下裂开——水泥搅拌
　　器来了，嘎嘎笑的大肚皮塞满了修路用的石子儿。
穷聊——棉花地里生红蛉虫，油田里出蚁狮，玉米长螟虫——
　　国会里即将离任的议员，农场主议员集团，三 K 党，每分
　　钟出生一个吃奶的孩子，油画拍卖和招揽生意的漂
　　亮话——
穷聊——犯罪的浪潮，少年杀人犯，两个女人和一个男人，一
　　个男人和两个女人，私酒贩子，啤酒骗局，抢劫犯，黑帮
　　斗殴，暴雨，龙卷风，洪水，湖区到海湾的水路，顽石
　　大坝①——
最新的歌曲从百老汇向西传遍全国——最新的电影从好莱坞向
　　东放遍全国——一百万家庭从收音机里听爵士乐、古典音
　　乐、总统在华盛顿的演讲、重量级拳王争霸赛、音乐大师
　　的交响曲。

10

声音——告诉人类瞧瞧自己的脸——你是谁？你是什么？我们
　　会告诉你——这里是最新的——这是人类今天在四面来风

---

　　①　顽石大坝，正式名称为胡佛大坝，位于科罗拉多河的黑峡谷一段，建
于 1931—1936 年。

的天空下，在地球上行的好事——

浑浊的红日在傍晚落下，体育报纸宣布棒球比赛的得分记录，
　　橄榄球赛的触地得分，丑闻——死去的冠军和新申请人的
　　照片，新的有志者提出的挑战——国外的赛事，胜者和败
　　者——命运的新旧宠儿——

命运的掷色子赌徒们互相催老，一点或两点，十二点和两点，
　　今天是鸡明天是一地鸡毛，真实的故事是一棵白蜡树怎么
　　变成了阳台，反过来一样。

11

社会的习俗；语言；隐语；俚语；
看看一方人民、一个国家的谚语：
给他们吃点苦头。记住，车到山前
必有路。不要动感情。好人命短。

做个老实人。做个好人；如果
你不能做个好人就得当心。
当人们把你关进六英尺的房子里，
棺材里，你就到头了。

哄他们，哄他们。叫他们吃它。
什么？我们骗他们？这对他们好。
把他们的名字写在虚线上，冲他们笑笑。

蹦得越高，摔得越惨。
带得越少，跑得越快。告诉他们。告诉他们。
叫他们听着。等他们知道你是谁
他们就会听你的。别让他们知道

你屁股兜里有什么。打在
他们不在的地方。烦恼你的事情
都是对你好。不烦恼你的事情
那是对它好。你在哪儿长大——在牲口棚里?

他们是一帮无赖,赌徒;让那些蠢货
瞧瞧他们会垮掉的地方。告诉他们
你正要打开一桶钉子。揍他们个
屁滚尿流。冲他们哑舌头。
骗光他们的钱,再给他们点儿路费回家。
也许你从他们那儿得到的
只能塞进耳朵眼里。

他们发神经了想在你身上绑个
保险箱。把他们送去骗子那儿。
彻底打败他们,叫他们再也别过来。
你好像不知道在皮奥里亚五个人里
有四个得了牙槽化脓①。

我相信你的头脑没有糊涂。
用你的脑袋,动你的心思,扯扯你那根筋。
上帝对你来讲就是利用它。
他们是不是提出让你在一楼
搭电梯进去。

放块告示: 不要担心,万事
都有终结。放块告示: 我们信赖上帝,
对别的都付现金。放块告示:

---

① 皮奥里亚(Peoria),为伊利诺伊州城市。

长话短说，我们有自己的日子要过。

放块告示：别踩草地。

唉，看看人民的俗话：

一个牛词是公务。

公务——首先是，最后是，永远都是公务。

生意是生意，交情归交情。

知道越少，受害越浅。

礼尚往来。

有道理。

说话带笑。

笑容可掬。

一只手干不了多少事。

顾客永远是对的。

谁是你的男朋友？

谁是你的女朋友？

哦，太棒了。

上帝统治一切，华府管理一切。

随它去吧，爱怎怎。

有谎言、该死的谎言和官方的谎言。

数字不会骗人，但骗子懂得算计。

里面的真实多于诗意。

你连一知半解都没有，亲爱的。

飞来飞去的蜜蜂采集蜂蜜①。

大人物就是大人物，无论是总统还是拳击手②。

---

① 桑德堡原注：这是约翰·L·苏利文在赢得他早期的一场重要拳击赛后回复父亲的电文；而父亲发来的电文是："滚动的石头不生苔藓。"译注：约翰·L·苏利文（John L. Sullivan, 1858—1918），美国第一位重量级拳击冠军（戴手套拳击），并保持这一称号十年（1882—1892）。

② 桑德堡原注：约翰·L·苏利文在白宫对西奥多·罗斯福总统的致辞。

你们要喝什么酒。

感点儿兴趣。

看上去像模像样。

老实一点划得来。

做你自己。

嘴里的话要轻，手里的棍子要沉①。

战争是地狱。

正直是最明智的。

全在于你观察的方式。

诚实地挣钱。

最糟糕的是受穷。

金钱不是一切。

生活是由你营造的。

速度和曲线——你还要什么？

我宁愿飞翔而不吃饭②。

一定要有开拓者，他们得有人付出牺牲。

后院的草长得更旺③。

给我足够的瑞典人和鼻烟，我会把铁路修到地狱里④。

他留下了多少？全部⑤。

---

① 桑德堡原注：西奥多·罗斯福引用并将其美国化了的一句西班牙谚语。

② 桑德堡原注：出自查尔斯·A·林德伯格。译注：查尔斯·A·林德伯格(Charles A. Lindbergh，1902—1974)，于 1927 年 5 月 21 日首次独自一人完成横越大西洋的不着陆飞行。

③ 桑德堡原注：出自 1892 年共和党竞选的故事。据说有一位男子趴在白宫草坪上吃草，并对克利弗兰总统说：“我很饿。”总统劝他：“后院的草长得更旺。”

④ 桑德堡原注：出自杰姆斯·希尔。译注：杰姆斯·希尔(James Jerome Hill，1838—1916)，铁路巨头。

⑤ 桑德堡原注：出自芝加哥编年史中的民间故事，马歇尔·菲尔德一世去世当天上午两个挖沟的人的对话；死者留下了价值 1.5 亿美元的不动产。

你能把煎好的鸡蛋复原吗①?

你早睡早起就永远见不到社会名流②。

咱们走。看咱们有多快。借光啦。

保持冷静。

12

首先来了拓荒者，干瘦，饥饿，凶猛，肮脏。

他们争吵，和大自然搏斗。

他们种庄稼赌命，沮丧，得了疟疾、风湿病。

他们打仗，把个国家摆上了地图。

他们和暴风雪、虱子、狼战斗。

他们在战争的遗迹上

为后来的千百万人开疆辟土。

然后富得流油的时代来临了。

然后出现了有钱人钱多得没处花，

堆积如山的财产叫他们发愁。

然后来了人发出古已有之的恶毒奚落：

　　填饱你的肚子，

　　亮出你的本事；

　　活得趾高气扬，神气活现；

　　等你死了你就没了，

　　谁也不能活着回来，

　　连风都不会

　　提起你的名字——

————————

　　① 桑德堡原注：出自约翰·皮尔庞特·摩根对于法庭解决一项不可避免的产业合并发出的公告的质疑。译注：约翰·皮尔庞特·摩根（John Pierpont Morgan Sr, 1837—1913），美国银行家。

　　② 桑德堡原注：出自乔治·艾德。译注：乔治·艾德（George Ade, 1866—1944），美国作家。

　　吃吧猪猡，吃吧蠢猪。

老伙计，大地上可亲的尘土，
老伙计，我们脚下和日子的泥土。
大地上过去时光的石子和黏土，
善意地让他们回来吧，
这帮猪猡，这帮蠢猪。
他们和他们兄弟的骨头漂得跟岁月一样泛黄。

13

我们出售用围栏圈起来的大地，
一个人把海洋卖给另一个人，保证有新居和现代设施，
我们除了蓝天以外出售一切，仅仅是受到蓝天法案的阻止，
我们出售正义，我们为罪行出售宽恕，
我们出售地名，石油开采权，九十九年选择权，棒棒糖和两分
　　钟熟的鸡蛋——
我们靠广告语赚钱，永远别让傻瓜有明白的时候，《大兵游戏》
　　上映了①——
销售游戏是个大游戏，你不懂你就不中用——
城里和郊区的乡下佬去最潮的百老汇，一心盼着能好好瞧瞧一
　　只鸟在浴缸的酒里褪去最后一根羽毛②——
让舞继续跳——让塞满老人尸体的烟囱布满世界，召唤四骑
　　士……

14

现在是山姆大叔坐在世界巅峰。

──────────

①　《大兵游戏》(*It's the Old Army Game*)，1926 年上映的一部喜剧默片。
②　指跳脱衣舞。

不久前还是约翰牛，更早是拿破仑和法兰西鹰指点天下。

西班牙、罗马、希腊、波斯，它们的老枪、长矛、弩炮、舰
　　船，轮流领导了世界文明——

它们一个接一个被推开了，走到了绝境，被甩到后面，兜风去
　　了；它们丢掉了曾有的厉害拳头，灭亡了，可惜，可惜。

它们一个接一个不再坐在世界的巅峰——现在年轻的陌生人是
　　山姆大叔，是美国，歌里唱："星条旗永不落！"其实"永
　　远"只是一长段时间。

其实最古老的君王们也有过他们的歌手与丑角献唱："啊，吾
　　王，你会万寿无疆。"

15

我们信赖上帝；是这么写的。

它写在了每一张钞票上。

事实是：上帝是伟大的，创造了我们全体。

我们是你和我和在美利坚合众国的我们所有人。

信赖上帝意味着我们要把自己、把整个美国奉献给上帝，伟大
　　的上帝。

是的……也许……是这样吗？

16

工人们一股劲闷声祈祷——

速度，速度，我们是速度的创造者。

我们造出了飞驰雷鸣的汽车，

离合器，刹车闸，车轴，

点火器，加速器，齿轮，

辐条，弹簧，减震器。

工人们一股劲闷声祈祷——

速度，速度，我们是速度的创造者。

车轴，离合器，杠杆，铁铲，

我们造了信号灯，铺了铁路——
　　速度，速度。
树木砍倒，做成了工具。
我们把木材凿成需要的形状。
螺旋桨在天空唠叨歌唱，
卡车嗡嗡低沉的声音穿越大陆，
它们出自我们的手；我们；速度的创造者。

速度；汽轮机渡过了大湖，
每个螺母和螺栓，每根钢条和螺丝钉，
每根装好的飞快旋转的轴，
它们出自我们，创造者，
我们，知道怎么干，
我们，是高级设计师，是自动填料机，
我们，有头脑，
我们，有双手。
我们，长距离运输，短距离飞行，
我们是创造者；把责任交给我们——
速度的创造者。

17

　　有一位梦游人
　　边走边说——
我什么都不向你承诺，有太多的承诺了。
我带给你的包裹太小太薄，你可以把它藏在任何地方，藏在鞋
　　子里，耳朵眼里，心犄角里。
我带给你的手绢薄如纱，轻如丝，你挑选了它又扔掉了，像你
　　抛弃一个肥皂泡，早晨阳光里的蜘蛛网，两棵紫丁香之间
　　漏下的一片月光。
我带给你的黄金被无数小锤子敲打得这么薄，薄过早晨的蜂鸟

在钻石般的露珠中振翅发出的欢笑，又这么硬，硬如铁砧
它损耗了多少最坚固的铁锤。

有一位梦游人
边走边说——

抛开一切书本前行，携带你自己的心进入人类心灵的风暴，观
　察那里是否有流血的心，神圣的心接受命中注定的苦涩报
　酬，人类救世主的心投入鲜血中浸泡。
你独自前行，寻找那寂静的世界，在那里嘴唇的低语和在大门
　上捶击、高喊效果相同。
继续前行，那里大群人类的影子聚会，人类的剪影和哑剧演员
　的长长队列蜿蜒，发出高声哭喊，堕落的笑声，混杂着愤
　怒的骚乱——
他们在一代代新生者和死亡者之间行进，行进，行进，随着三
　桩大事的鼓声，鼓声，鼓声，来到，生存，离去——
前行，那里蜿蜒的朝圣者的队伍影子拉长了，那里行进者的队
　列曲折、蹒跚，一百年不算什么，一千年、一百万年不算
　长，他们行进，行进，行进，随着三桩大事的鼓声，鼓
　声，鼓声。
去那里，让你的心变得温柔，像阳光里雨中彩虹那样消退：让
　你的心充满谜语如纯钢和它的蓝影。

有一个梦游人
边走边说——

　我们害怕、我们害怕什么？
　我们害怕我们害怕的东西。
　我们害怕这个、那个、这些、那些、它们。
我们害怕大地会要爆炸，炸得使人类家庭不能睡觉，不能瞌

睡，不能梦游，幽灵不能往返。

我们害怕天空会要拆开，落在我们头上，我们在星星的雨里被
冲进大孤独、黑深渊，说："告别了地球老妈，我们一直害
怕你。"

我们害怕；我们害怕什么？我们害怕的东西很少，根本没有，不
怕神、人、兽，我们可以吞吃给我们的任何死亡，我们可以
在死神来临之前出去遛一遛，直视它的眼睛大笑："你是某
件事儿的开始或结束，我要跟你打赌，我要试一试。"

18

我们，人民，

我们当然不是梦游人，

也许我们会说悄悄话——

也许我们会像飞行员匆匆穿上皮大衣，

和时间表打赌就像和死神打赌，

带着邮件袋飞过橙子花，荒漠里的仙人掌，落基山，大平原，
密西西比河，玉米带，阿巴拉契亚山，

带着邮件袋，握紧方向盘穿过风暴，星星，呼喊口令："好运
气，上帝保佑你。"

也许当他们在穿越大陆的新航线飞行、打赌时，我们也许可以
悄悄问候——

早安，美国。

早安，芸芸众生，天地万物。

早安，让我们全说出自己的真名实姓。

早安，有名的人，无名的人，所有的人。

早安，土里的虫子，天上的鹰，飞到云霄里的人。

19

你已经吻别了一个世纪，一个无价的小小纪念册。

你将要吻别十个、二十个世纪。啊，你会有那么些珍贵的纪
　　念册！
美国，你的母亲们生出、养育了一代代人——
通过泄洪道，新的喧闹的人群来了，年青的陌生人喊："我们在
　　　这里！我们属于这里！看着我们！"
早安，美国！
早晨伴随早晨的辉煌行进！
鼎盛的中午、下午，行进！
暮色，日落，天黑了——
是时候写下：晚安，美国！
晚安，睡眠，宁静和美梦！

20

许多崭新的飞船将在天上飞行。
　　　在我们归家之前，
　　　在我们理解之前，
四骑士将再次在苦难的尘土里骑行，
伟大国家的粮仓将成为硕鼠的食物，
流星将在天空书写新的文字。

在我们西边的天空，
在那燃烧的赤红里，
在冬天的雾霭里，
在满天星光中——
北斗七星将会出现。

我们要向月亮发出信号。
我们要制造新的推进器，
走过那些衰老的星群，
在新的星星轨道上寻找蓝色的行星。

我们要为开拓者祈祷。
让工作服成为神圣。
让我们注视
倾听
上帝的伟大工厂——
星群……和蛋……

将会有——
许多许多姑娘在狂风中在月光里，
许多许多母亲搂抱着婴儿。

21

海上的日落，留给我们纪念。
大草原的黄昏，为我们祈祷。
青铜色天空里山上的云——
　　　给我们伟大的记忆。
让我们拥有夏天的玫瑰。
让我们在南瓜熟了的季节拥有金色的丰收。
让我们拥有春天的面孔，我们为之辛劳，与之同乐。
让我们在漫长的冬季享受寒风呼啸的游戏。
给我们梦幻般的蔚蓝暮色——冬天的傍晚——把我们包裹在梦
　　　的大衣里。
月光撒下——月光闪耀——月光里每一声鸟鸣每一首歌，呼唤
　　　坚实古老的大地，美好年轻的大地。

乡村生灵兴旺

六只猪仔拥着母亲的乳房

六个鲜嫩的棕色斑点整齐靠着一个老成的棕色大斑点。
冬天过后咩咩叫的绵羊
它们一身长毛的厚度是道算术题。

一头黑阉猪的脖子套着圈白毛领子，
一大群鸡走路趾高气扬。

樱桃树枝沾满了花迎向天空。
雪白的花摩肩接踵。
弯弯曲曲缠成了一团。
"瞧我们——今儿这日子我们才叫它今天。"

四种风的儿歌

让我做你的宝贝儿，南风。
摇我，晃我，现在就摇晃我。
摇得我瞌睡，摇得我暖和。
让我做你的宝贝儿。

给我梳头发，西风。
给我梳个牛舔舌。
给我梳个蓬巴杜①。
梳啊，西风，把我当成你的宝贝儿。

北风，我犯傻的时候揍我一顿。

----

① 牛舔舌是一种乱蓬蓬的发型；蓬巴杜是法国国王路易十四的情妇，在此指她喜欢的将全部头发向上梳拢的发型。

揍得我清醒，改头换面。
用蓝色海洋的风清爽我的耳朵。
我是你的宝贝儿，教我行得端正。

还有你，东风，我能要求什么？
一场愉快的雾？一场包裹我的雾？
就这样安置我，让我入睡。
我是你的宝贝儿——一向都是。

小 家

绿色昆虫睡在洁白的百合花里。
红色昆虫睡在洁白的木兰花里。
闪亮的翅膀挑选色彩，
你们聪明地住进夏天的别墅。

乳白的月亮，让牛入睡吧

乳白的月亮，让牛入睡吧。
从早晨五点钟，
它们从草地站起来
——它们在这儿跪着睡了一宿，
然后它们吃草，挤奶，
又吃草，挤奶，
头和牙齿都钉在地面。
　　现在它们看着你，乳白的月亮。

和它们看地上的风景一样毫不在意，
和它们看一桶新挤的奶一样毫不在意，
现在在它们看着你，一点不好奇，
月亮是不是一桶奶上的奶皮，
一点不好奇，毫不在意地看着。
让牛入睡吧，乳白的月亮，
让牛入睡吧。

黄　昏

有一些黄昏悄悄说声告别。
那是短暂的暮色，替星星铺路。
它们平稳走过草原和海边，
睡得安详。

有一些黄昏跳着舞告别。
它们扬起万条披巾半向天穹，
向着天穹，越过天穹。
耳边挂着彩条，腰间缠着缎带，
跳舞，跳着舞告别。
睡梦里有点辗转反侧。

堪萨斯功课

通常那只模仿鸟仅仅是模仿者
唱着别的鸟的歌，

把一串串颤音倾洒到灌木林上。
　　有时那只模仿鸟孤孤单单
　　那个玩耍的孩子孤孤单单。
有时那只模仿鸟叫唤，叫唤，叫唤，
所有疯狂的夜里，血色—金色的月亮能买到
童话、课文、心碎的哭声。

野 苹 果

伊利诺伊十月的太阳，把这些苦涩的野苹果
变甜了。树根来自这荒野，在人来这儿
之前它们就来了。它们和这苦涩的荒野
一样苦涩。

十月的太阳，把你变柔软了的黄金给予
这些野苹果，射入果心里白色的种子，
让它们变黑。把这些苦涩的苹果
变甜。它们需要你，太阳。

掉了，落了，掉了，落了，
苹果离开树枝落在黑色
土地上，它们从去年，
从前年就认得你，十月的太阳。

斜眼三看纽约

　　纽约是座猫城。

　　有人说纽约就是巴比伦①。
　　有座玫瑰与金雾的纽约。

纽约是座猫城；猫吃穷人和名人的残羹剩饭；它们在防火梯上
　　蹭背，在小巷垃圾桶里相互诉苦流泪；它们生来就是为了
　　过纽约的猫生活。

有人说纽约就是巴比伦；这里堕落的舞女脱得亮出了肚脐眼，
　　一旁有侍者向定期光顾的客人压低了嗓门："好，"他们点
　　了和上回相同的威士忌；他们看到一件精心准备、有魔力
　　有才气的东西就相互称奇，他们吃着喝着直到把它忘记；
　　这里谈话扣着轻松的话题，诸如哪位贩私酒的冒了最大风
　　险，高明的酒贩子会冒什么小风险。

在夜晚灯光里和暮色里有座玫瑰与黄金的纽约；从蒸汽船里
　　看，有座雾纽约，有抱成一团的和星星点点的盘旋的幽
　　灵，在沉睡的夜晚后多少人的拳头合成一团探出尘污、工
　　作、阳光和清晨的诅咒。

　　纽约是座猫城。
　　有人说纽约就是巴比伦。
　　有座玫瑰与金雾的纽约。

渴望的山奔腾

走过内华达和犹他

───────────

　　① 巴比伦(Babylon)，即巴比伦王国(约前 3500 年—前 729 年)，位于美索
不达米亚平原，即今伊拉克，是世界文明的摇篮之一。

去看渴望的山奔腾。

它们冷酷、洁白，
它们正在休息，
它们在可怕的火焰中洗脸，
它们昂起头颅渴望暴雪。

洁白，啊洁白的是雾，
是清晨的风，
洁白的是渴望的山。

不知疲倦的灰色荒野，
不知疲倦的盐湖，
不知疲倦的山，
它们在思考什么事情。
它们好奇："接下来是什么？"
它们是感恩的，结束思考，
等待，睡眠，在可怕的火焰里擦干脸，
昂头挺入更高的雪，
在清晨的风里保持洁白。

"来，倾听我们，"
奔腾的渴望的山说。
"你什么都不会听到，
你只能学会一点点，
不过听着，你的耳朵会长长，变软；
你会有长长、清净的倾听的耳朵。"
渴望的山嘲笑着说，"来，倾听。"

碎　片

最后一只蟋蟀的叫声
透出初霜
那是一种告别。
如此稀薄的歌唱的碎片。

一对夫妻

男的在辛辛那提，女的在伯林顿。
男的在电报公司线路队工作。
女的在公寓里擦洗瓶瓶罐罐。
女的写信给他说："哭得很孤独。"
男的回信说："这里也一样。"
冬天过去了，男的回来，他们结了婚。
后来他又走了，有的地方暴雨冲倒了电线杆，冻雨让电线坠了
　　下来。
女的又写信给他说："哭得很孤独。"
男的又回信说："这里也一样。"
他们的五个孩子上了公立学校。
男的投共和党的票，是纳税人。
认识他们的人都知道
他们是诚实的美国公民，诚实地过日子。
让别人烦恼的事情从来不打搅他们。
他们有五个孩子，他们是一对夫妻，

一对鸟儿，互相啼叫，互相安慰。
男的走了，女的准会写信给他说："哭得很孤独。"
男的很快照旧回信："这里也一样。"
男的在辛辛那提的线路队工作很久了，
而女的曾经在伯林顿的公寓里擦洗瓶瓶罐罐；
他们还从来没有互相厌倦过；他们是一对夫妻。

老 旗 工①

老旗工都有曾孙了。
鲁迪是个刺儿头，耳朵眼里长毛，眼睛闪着清澈的海的光亮，
他走出小棚子，举起信号旗：**停**。

"你看这旗子哪里管用？
我拿它揍过一个乡巴佬的脑袋，
叫他停下来的办法只有碾死他。
他们就是找死；我得制止他们。
这是我的工作。"

他在芝加哥干了二十年警察。
"我肚子中了颗枪子儿，我得过胆囊脓肿——我捡这个棚子
　　歇息。
我走路很慢很小心；我心脏里有个窟窿；
如果我笑得太厉害了我的心脏就会停跳——我就倒地了；
我得留神自己。"

---

① 旗工(flagman)，在铁路线与公路交叉处，当有列车通过时，举信号旗
制止行人车辆。

一列三等车在铁路上鸣响了汽笛。

他拿着信号旗走出去：**停**。

"这些该死的傻瓜，他们想钻到轮子底下。

我得制止他们。"

鲁迪是个刺儿头，耳朵眼里长毛，眼睛闪着清澈的海的光亮。

命 运

命运带着硬币或大钞来。

一个印第安人头像或自由女神像①：

  这对于命运都一样。

一天做灰姑娘，一天当王妃，这些就是例子：

   忍住不要哭泣

   耐住不要接吻

   憋住不要歌唱

   从不说出希望。

它们是硬币，这些是大钞。

在水槽刷盘子的女孩知道。

在床头用早餐的女孩知道。

半途旅店

在半途旅店小马死了。

———————————

① 美国硬币背面的图案。

道路向前伸展，山丘阳光灿烂，
　　水流着，人们在田里忙着，
　　镇子都有新名字，磨坊的风车
　　在风里旋转，指着神圣的十字路口。
就在这里我们停在了半途旅店，
　　就在这里，小马死了。
这里的旅店老板说："奇怪，
　　有多少马死在这里。"

世界之间

在两棵松树之间
晨月已经下沉，
在失去的黄金和逗留的绿色之间
他自言自语：

我相信我会数出我的世界。
我该有三个世界。
一个是我来自的世界，它是第一个。
一个是我正处在的世界，它是第二个。
一个是我接着要去的世界，它是第三个。

有过一个种子袋，在黑暗里我给放了进去，在温暖、红润、抱
　　成一团的地方，我受到养育、成形；如果我拽了一下脐
　　带，握紧了拳头，抽动了腿脚，只有母亲知道。

有一个我正处在的地方，我在这里瞻前望后，梦想，惊奇。

有一个接着要去的地方——

他向窗外看了一眼
下沉的晨月
在两棵松树之间,
在失去的黄金和逗留的绿色之间。

他们问：是否上帝，也，孤独？

当上帝撮起一把泥土,
吐了些唾沫,捏出了人形,
向它吹了口气,叫它行走——
那是个了不起的日子。

上帝这么做是因为他孤独?
上帝在造出人走上大地之前
是否对自己说必须有个伴儿,
要留出教堂和上帝谈话、唱歌?

这些都是疑问。
它们潦草地写在古老的洞穴里。
它们画在高耸的教堂里。
有些男女如此孤独,他们相信上帝,也,孤独。

金钱、政治、爱情和荣誉

谁造了那个笼子?

谁把这有栅栏有门的笼子挂了起来？
为什么那些在笼子里的要出来？
为什么那些在笼子外的要进去？
这笼子里外整天叫喊的是什么？
那些困惑的翅膀无休无止、毫无用处地敲击笼子的栅栏和门，
　　图的是什么？

河　月（二）

母亲，今夜河里的月亮是红的，红色的月亮。
我要随那疯狂、疯狂的月亮离去，今夜河上的月亮这么红，
　　母亲。

一个人念叨着一个疯狂的梦，飞翔在他的头脑和心胸里的疯狂
　　的梦，
一个人在这里，胸腔里有奔放的鼓，太阳射中他血流的奔马。

我要随那红色疯狂奔放的月亮离去。
今夜河上的月亮这么红，母亲。

河上的雾是白的，雾上的月亮是白的。
我记得，母亲，我记得当月亮是红的时候他来了，他的胸腔里
　　有奔放的鼓。
我记得，母亲，太阳射中他血流的奔马，他念叨着飞翔的疯狂
　　的梦。
今夜我记住，今夜河上的雾是白的，雾上的月亮是白的。

有什么消失了——是他消失了，还是那红色疯狂奔放的月亮？

他们遭遇青春（之一）

"想起你，我会为玫瑰哭泣，
想起你的嘴唇，多么像玫瑰，
想起嘴唇的相逢，
泪眼的相逢。"

"陶醉于你，我能在黑暗中
爱你，陶醉于你直到太阳升起。
我能触摸到你年青的心，
学会你所有炽热的歌。"

"我能回应你血流的节拍，
你的甜蜜的吻的节奏。
在泪眼相逢时
我能唱起一首星星的歌、太阳的歌。"

爱情的注释

有一个地方爱情开始了，有一个地方
爱情结束了。

有一种接触发生在两手之间，所有辞典
不能解释。

有一种眼神和熔炉的火焰一样猛烈
或者小如矿灯的绿色火苗。

有一些无心的词语
像密西西比河水一样可怕。

手、眼、词语——爱情使用这些
打造战场和工厂。

有一双鞋由爱情穿，
爱情在神秘中走来。

有一种警告由爱情发出，其代价
在很久以后才写出来。

每种语言都有爱情的注释，
没有一条比这更聪明：

有一个地方爱情开始了，有一个地方
爱情结束了——爱情从不提问。

睡眠印象

初秋深蓝的风奔驰
在初秋的天空
在黄色满月的田野。
　　我睡了，我几乎睡着了，
　　我边听边说：

树，你们的叶子沙沙响如雨，
可这会儿没有雨。

也 许

也许他信任我，也许不。
也许我能嫁给他，也许不能。
也许草原上的风，
也许海洋上的风，
也许某个人，某个地方，能够说清。
我会把头放在他肩上，
当他问我我会答应，
也许。

完美懂得寂静

有一种音乐几乎只为寂寞的心。
当音乐终止了便有了寂静
和音乐奏响时几乎相同。
完美懂得寂静便是懂得音乐。

关于窗户的傻事

那时我对窗户犯傻。

那套宅子是老式的，窗户很小。

我叫来个木匠要他破开墙，安上大窗户。

他说："窗户越大价钱越高。"

我说："越大越便宜。"

于是他凿开了墙壁、泥灰和板条，

安了一个大窗户和几个更大的窗户。

那时我就惦着窗户。

一个邻居说："照这样下去你就什么都能看见了。"

我回答："那好啊，那对我就足够时髦了。"

另一个邻居说："不久你的宅子就全是窗户了。"

我说："那时谁会笑话呢？"

还是他说："住在玻璃房子里的人无牵无挂。"

我说："长羽毛的鸟不会扔石头，轻轻一声就轰走了耗子。"

致安徒生的情书①

厨房椅子对面包刀说：

"你为什么没有腿？"

面包刀回答："你为什么没有牙？"

这还是在一个夏天里的争吵。

一直吵到了冬天

又一个冬天，又一个冬天。

最后在地窖里

厨房椅子说：

"你的牙掉了。"

面包刀说：

---

① 安徒生（Hans Christian Andersen，1805—1875），丹麦著名童话作家。

"我看你没有腿了。"
它们发现地窖里很安静，
没有人大喊大叫，没有汤，没有胡桃，
只有一堆煤，旧拖把，坏了的工具，
跟它们可以谈谈……但大部分时间
它们一声不吭。

老鼠的谜语

在老鼠洞口一只灰老鼠
用绿眼睛瞪着我。

"喂，老鼠，"我问，
"有没有机会让我
学会老鼠的语言？"

绿眼睛朝我眨巴，
在灰老鼠洞口眨巴。

我说："再说一遍，
透给我两个谜语；
老鼠中间一定也有谜语。"

绿眼睛朝我眨巴，
灰老鼠洞里传来悄悄话：
"你认为你是谁？为什么是老鼠？
你昨晚在哪儿睡觉？你为什么星期二打喷嚏？为什么老鼠的坟
    不像人的那么深？"

绿眼睛老鼠的尾巴
抽了一下，在灰老鼠洞里消失了。

屋檐下的生灵，我问你们早安

鹡鸰和我们一样有烦恼。一只鹡鸰的家不会再像个单身汉的
　　家，由它自己打理了。

它们叽叽喳喳如同一套宅子里两个人唠唠叨叨，从洗衣店取回
　　的是别的男人的衬衫，别的女人的裙子。

在鹡鸰家里，雄鹡鸰的衬衫和雌鹡鸰的裙子都是烦恼。一个春
　　天的早晨它们回来了，叽叽喳喳这事儿那事儿。

在鹡鸰家里烦恼飞快过去。这会儿它们时断时续跳起了鹡鸰的
　　吉格舞。

屋檐下的生灵，我问你们早安，道一千个感谢。

长号爵士乐片段

你快活吗？孩子，
这是活着的唯一路子。
是的，快活，
这样活着很棒。
可不要快活再快活，孩子，

不要加倍的恶心的快活。
那些加倍的恶心的快活的人
他们垮的时候……垮得一塌糊涂……他们
垮得一塌糊涂……
要快活，孩子，去找它，
可不要快活得过了头。

风　景

在山腰上房地产商们
竖起的招牌说有城市中心房产在那里出售。
半山腰上有个人经营山羊牧场，
他的父母是爱尔兰人；
他多年前驾一辆带篷马车，
懂得怎样使来复枪，
仅在一年里就打死过松鸡、野牛、印第安人，
现在他在一个窝棚周围饲养山羊。
下到山脚
两个日本人家庭拥有花卉农场。
一男一女在一垄垄麝香豌豆花里
采摘粉红嫩白的花
把它们放进篮子然后带去洛杉矶的市场。
在早晨的阳光里，那些大人和婴儿的脸
和他们侍弄的花一样干净。
公路对面，另一座山的高处，
耸立着一座宅邸，一座居高临下的宅邸。
那是一位电影导演的家
以室内大量玩偶的装潢而闻名，

在《男人对女人》的搏斗中
搜罗尽了最新设计的女式服装。
山，风景，景观的布局，
恰好碰到晴朗的早晨，一派安宁，
几英里长的房屋隐藏在远处的山谷中——
都值得一看，值得一逛，
它会延伸多远，它会有多新。

（好莱坞，1923）

地狱和天堂

每个人描述的地狱或天堂都不同。
有些人的天堂像温暖舒适的家，在郊区，维护得很好。
有些人的天堂里席卷风暴；他们的幸福在风暴里，天堂必须有
　　风暴夹杂着晴朗的日子。
而地狱在有些人是监狱，在另一些人是工厂，是厨房，对还有
　　些人来说，是有许多彬彬有礼的骗子的地方，他们满口胡
　　言，老是嗨，嗨。

思　绪

我想念过那些海滩、田野，
泪水、欢笑。

我想念过那些家，建好了——
刮跑了。

我想念过那些聚会，
每一次聚会都是分别。

我想念过那些独行的星星，
成双的黄鹂，浮躁的日落，
叫人沉思的死亡。

我曾要放开一切，跨越到
下一颗星球，最后一颗星球。

我曾请求留给我些许泪水
和欢笑。

人民，是的[①]
People, Yes
1936

在曼哈顿的在建摩天大楼上吃午饭的工人们

---

① 《人民，是的》含 107 首无标题的诗（或为一首 107 节的长诗）。译者
将选译诗的第一行或第一行与第二行中的部分词置于序号后，作为标题。

1. 从大地的四个角落

从大地的四个角落，
从被风抽打的角落
被雨淋火烧的角落，
从风开始的地方
雾生成的地方，
高大的男人来自高高的岩石山坡
困倦的男人来自困倦的山谷，
他们的女人也高大，他们的女人也困倦，
带着包袱和财物，
带着叽叽喳喳的小孩："到哪儿了？
            到哪儿去？"

大地上的人民，人类的家庭，
要建起看着自豪的建筑，
要建一座塔从平坦的大地
穿过屋顶耸入天穹。

    宏大的工程开工了，
    桩子沉到地下，
    地板，墙壁，螺旋的梯子
    要抵达高高的星群之间，
    要超过月亮的阶梯。

    全能的上帝该会揍死他们，
    把他们打成聋子哑巴。

上帝是个古怪的修理工。

上帝是个通晓一切的老板

心里另有个计划，

突然间搅乱了所有的语言，

改变了人们的口舌，

于是他们的谈吐全不相同，

石匠听不懂泥瓦匠说的话，

帮手递错了木匠要的工具，

有五百种方式说："你是谁？"

用换了的方式问："我们从这里要去何方？"

用换了的方式说："出生仅仅是开始。"

"你与其像刚才那样唱歌，还不如制造点噪音好吗？"

"你不知道的东西不会伤害你。"

于是材料供应商开始

和搬运工和建筑商争吵，

设计师在蓝图上急得直扯头发，

烧砖的和赶骡子的斗嘴，

工头和主管反唇相讥，

信息全乱套了；舀水的工人

轰走了起重的工人——工程泡汤了。

有人把这工程叫做巴别塔①，

还有人给它取了很多别的名字。

记录无从开始，

它的废墟像个骷髅像个鬼魂挺立，

在猛烈敌意的风里歪斜、塌陷，

---

① 巴别塔，根据《圣经·旧约·创世记》，当时的人类曾联合起来兴建希望能通往天堂的高塔；为了阻止人类的计划，上帝让人类说不同的语言，使人类相互之间不能沟通，计划因此失败，人类自此各散东西。此故事试图为世上出现不同语言和种族提供解释。

在轻拂友善的风里凑合支撑。

5. 松木棚子

那松木棚子六十年来
圈过牛马，堆过干草、马具、工具、杂物，
在伊利诺伊州诺克斯县的草原风里
玉米熟了、收了，扶犁、赶马车，
不管是扬尘天，大热天，还是秋末的雨夹雪，
都得人手挤奶、剥玉米皮，
给马群套上轭，握住皮缰绳
直到秋天活儿干完。
那棚子是个见证，立在那里看见一切。
　　"查理，你家的那个老棚子
　　我上回瞅见时都快塌了，
　　这会儿怎样啦？"
　　"我拿柱子顶着它的东头，
　　西头就让风来顶着吧。"

7. 伊斯特曼先生①

伊斯特曼先生没有妻子儿女，他死的方式也很奇特。
一天夜里在他家壁炉旁他款待八个老友，十一点钟时在门口他

---

① 乔治·伊斯特曼（George Eastman，1854—1932），柯达胶卷的发明者和柯达公司的创始人，曾资助多所音乐、医学、工程技术学院的建立或扩建。

对一位女士说："我要离开你了，"女士回答："不，是我
在离开你。"

伊斯特曼先生，这位柯达公司的王，确实不清楚自己有多少百
万的财产，但他非常明白究竟谁在离开谁。

睡了个好觉，用过早餐，他会见了两位律师和一位秘书，再次
安排他遗嘱的附录。

在他们迟疑、拖延不走的时候，他说："你们得走了。我有些东
西要写，"

他们有种感觉："这是伊斯特曼先生的一个玩笑，他总是具有他
独特的幽默。"

又是伊斯特曼先生比他们更明白，确实要写一点东西，没人能
够替他。

他们走了——伊斯特曼先生走进浴室，拿他喜爱的自来水笔在
一张纸上划拉：

"我的活儿干完了。还等什么？"

他曾经一年一年地活到了七十七岁，经历过一次麻痹性中风，
见过一位一辈子的老友在一连串中风后落得像个孩子，四
年里就在床上玩剪纸，整个魂都没了。

在他内心有一个怀疑，如果他活下去他可能会修改遗嘱；他可
能会命名那些捐助；现在已经立下的遗嘱为科学、音乐、
研究都作了极好的安排，如果头脑变了，他可能会修改
遗嘱。

他很清醒自己一直在做的事，因为他在纽约的杰纳西山谷时，
在非洲海岸时，在雨林的猩猩们之间时，一直在思考。

他在浴室审视着自动转轮手枪，他试过，信它，枪上了膛，擦
了油，启动了。

他拿起一块毛巾，沾湿了，放在心口，他认为这样他对自己开
枪后，不会留下弹灰和溅血，是件干净利落的手艺活儿。

他的准备是深思熟虑的，他知道这行为的美誉永远不能归于任
何人，只能是自己。

然后他退出浴室，铁锤落下来，他跨过了最后的关口。

他后来知道没有安魂的管风琴师来问声早安，像他用早餐时那
　　样弹奏巴赫或亨德尔。

他最后的遗嘱安全地抵抗了第二个童年的幼稚。

9. 父亲告诉儿子

父亲见儿子快成年了

他会告诉儿子什么？

"生活冷酷；是钢；是石头。"

这话会促他迎接风暴，

帮他熬过单调和无聊，

教他抓紧松懈的时光，

当他置身于突然的背叛之中时给他指导。

"生活是柔软的沃土；很文雅；过得轻松。"

这话对他也有用。

对畜生当鞭子无效时就得软化驯服。

路上柔弱的花向上生长

有时能劈开碎裂一块石头。

坚强的意志管用。欲望也管用。

强烈的需求也管用。

没有强烈的需求你什么也得不到。

告诉他太多的金钱杀死过许多人，

留给他们的是入土以前就死了的时光：

超过舒适需要的利欲追求

有时会把优秀的男人

扭曲成枯燥的失败的可怜虫。

告诉他时间和物质一样能被浪费。

告诉他人们冷不丁地就成了傻瓜，
成了傻瓜还毫不惭愧，
一定要从每一件蠢事里学到什么，
希望不再重复那些廉价的傻事，
这样才能深入理解
这是个傻瓜充斥的世界。
告诉他要经常独处，了解自己，
尤其是不要自我欺骗，
对付别人他可以使用
无恶意的谎言，摆出防护性的面孔。
告诉他如果他足够强大，孤独是有创造力的，
最后的决定要在安静的房间里做出。
告诉他要与众不同，
只要它来得自然从容。
让他有闲暇的日子以探索他更深的内心。
让他深入探索他自然的天性。

于是他就可以理解莎士比亚
和莱特兄弟、巴斯德、巴甫洛夫、
法拉第和自由的想象，
给一个憎恶变化的世界带来了变化。

他将孤独得足以
有时间去从事
他了如内心的工作。

15. 国家从人民中征集了军队

国家从人民中征集了军队。
人民供给军队吃穿和枪炮。

当战争的硝烟和尘埃落定
人民又在两面旗帜下建设两个国家，
其实有时候，这是同一片国土，同一种血缘，同一个人民。

仇恨是雾，郁积着纠结着。
仇恨是雾，被吹走被抛弃。
战争持续直到仇恨消失，
疯狂的四骑士带给人民的
是饥饿、污秽、叫人难以忍受的恶臭。
然后泥土里长出明亮的新草，
大地又开始从容地呼吸，
尽管人民的仇恨消失得缓慢艰难。
  仇恨是徘徊在沼泽上沉重的雾。

一度趾高气扬的马尸体四脚朝天，
坦克和履带式拖车被深埋——
枪炮上锈迹斑斑，时间腐蚀着骷髅面孔上的毒气罩：
泥土深处的炸药自行爆炸：
  战争是"哦！"与"啊！"：战争是"呜！"

    战争的格斗后
    开始了和平的竞争。

17. 人民是一个神话

"人民是一个神话，一个抽象概念。"
那么你会拿什么神话放在
  人民的位置上？

你会用什么抽象概念来
　　　替换这一个？
从什么时候起有创造性的人已不再
　　　为神话煞费苦心？
谁只为填饱肚子奋斗，
　　　除了人民
　　　这个和无形的鞭子
　　　纠缠在一起的抽象概念
　　　还有什么名字值得记住？
"准确地讲谁是人民？什么是人民？"
这离问什么是草？
　　　什么是盐？什么是海？
　　　什么是土？
什么的种子？什么是庄稼？为什么
　　　哺乳动物一生下来就要喝奶，要么就死去？
　　　这差得太远吗？
听过那块苜蓿地的经理人
　　　怎么说吗？"普通人就是骡子，
　　　只要给拴了起来
　　　就会按你说的做任何事儿。"

22. 人民太轻易相信

人民太轻易相信，
　　　人民太轻易希望——
　　　人民该为此受到责备吗？
欺骗的人和讨好的人利用
　　　人民的轻信做生意，

他们能够得逞吗？

不会永远得逞，不会永远，

　　因为人民也是知道者。

作为知道者，人民能

　　用约翰森量具测量它本身①，

知道自己今天知道的东西

　　比以往更加深入，

知道一英寸的百万分之一、

　　十万万分之一，

知道一台自动机械

　　为你的眼睛而专业设计

　　另一台自动机械的秘密，

知道牵引力、动力轴、变速器、

　　漩涡钻孔机、磨床、齿轮——

知道夜间航空邮递，新闻影片，

　　从东京、上海、孟买

　　和索马里传来的广播——

人民作为知道者，他的知识

　　因不断摄取而增加。

人民需要知道更多的东西。

空中的鸟，海里的鱼

　　离开了人类开始的地方。

24. 谁会替人民说话？

谁会替人民说话？

---

① 约翰森量具，为一种精确度极高的长度测量用具，由瑞典机械师卡尔·约翰森（Carl E. Johansson，1864—1943）于1896年发明。

谁有答案？
　　有把握判断的人在哪里？
　　谁知道该说什么？
谁能谱写爵士—经典音乐
　　烟筒—天竺葵，风信子—饼干
　　现在是从容的低声絮语
　　现在是隆隆的毁灭，尖锐的碰撞
　　现在是粗糙单调的哒哒响
谁有秒杀的瞬间和缓慢的海潮？

海上的船，夜里的雾，
　　古战场上的磷火，
　　城市垃圾堆上的月亮，
　　属于人民。
今年、去年和明年的庄稼，
　　果园和西红柿园子里
　　刮的风，下的霜，
　　列在人民熟悉的名册里。
马和马车，卡车和拖拉机，
　　从喧闹的城市到沉睡的
　　大草原，从破旧的人行道
　　到山间的骡子路，
　　人民拥有奇特的财产。
犁和铁锤，刀和铁铲，
　　种地的锄头和收割的镰刀，
　　凭着使用的权力，
　　这些人民的财产到处都是。
这些家什的把儿
　　握在熟悉的手里，
　　木头粒儿给磨平了。

田纳西一个护路队的工人们
　　唱道："假如我死在铁路上，
　　拿把铁镐铁铲放在
　　我的头脚上，拿把九磅重的
　　铁锤放在我手里。"
拉里，堪萨斯路段的头儿，
　　在临死的床上要求
　　最后看一眼用旧的四轮车，
他的伙计们探进棺材里
　　趴在他胸脯上说，
　　他有权利拥有
　　道钉槌、测量尺和老撬棍。

清晨田野里棕色的鸫鸟
　　啼鸣，猫鸟发出猫似的叫声①，
　　永无休止地和害虫、
　　破坏者的斗争，
　　辛勤地喂养，守望，播种，收获，
月份的钟表指向了产仔的日子，
　　新落地的牛犊和养肥的阉牛
　　被装上了牲口车运往市场，
　　对于我们今天的付出，
　　我们明天会得到什么，
　　这是场赌博——
这些都是人民拥有的，蒙着大地的尘土，
　　像突发的猪霍乱一样无情，
　　又像山上的松林，被雨洗过，
　　被月光照着，充满希望。

————————————

① 猫鸟(catbird)，主要生活在北美洲。

26. 巨大的鼓

你能在巨大的鼓上敲出
人民每天单调的活动
从大地到天空
他们抓取一点点面包和爱情，
好从昨天过渡到明天。

你能在巨大的铜号上吹出
战争与革命的可怕喧腾
当影影绰绰的无名之辈涌来
抹去了往日那些如雷贯耳的名字
一笔勾销了旧有的事物
在一页白纸上写下新的进程。

33. 记住那条变色龙

记住那条变色龙。他是条行为端正的变色龙，没有半点劣迹可
　　以拿来质疑他的良好记录。作为变色龙他完成了他该做的
　　一切，留下了不属于他该做的事情。他是头等的无可挑剔
　　的变色龙，没人与他有瓜葛。不过他来到了一块苏格兰方
　　格呢，试图爬过它。为此他不得不模仿六种不同的毛线颜
　　色，第一种然后第二种，又返回第一或第二种。他是条勇
　　敢的变色龙，他死在了十字路口，和他变色龙的直觉丝毫
　　不差。

你是哪一种骗子?

人们撒谎,因为他们没有清楚记得他们所看见的东西。

人们撒谎,因为他们不由自主地想把事情说得比真实发生的
还好。

人们讲些"圆场的谎话"对于别人还是蛮好的。

人们在危急困苦中撒谎,讨厌这么做,可是不然情况会更
糟糕。

人们撒谎,有些骗子就是图谋不正当的私利。

你是哪一种骗子?

这些类型的骗子里你算哪一类?

35. 海永远在滚动

海永远在滚动,风永远在吹动。

它们求索,求索,它们的求索没有尽头。

它们唱的是人类的歌。

人类永远不会抵达,人类永远在途中。

他写过他会休息,但永远不会长久。

海和风告诉他,他将会孤独,遭遇爱情,在奋斗中动摇,然后
继续求索。

"我在芝加哥的产科医院出生,"拓荒者的孙子说,"有一位外
科医生带着多件手术器具,两个护士穿着浆洗过的制服,
拿着丝线、纱布、消毒剂,还有麻醉剂。我的爷爷出生在
内布拉斯加光秃秃的玉米地,只有一位老太太带来几块干
净的布片和一桶热水。"

你现在可以走,是的现在就走。走东走西,走南走北,你现在

可以走。走完以后就没地方可走了。如果哪儿都不去你就
待在这里。你不走。你定下心来。如果你选择从这里发射
火箭，你就撂下吊桶。于是对于你这里是万物的中心。

36. "我是零，是无，是个废物"

"我是零，是无，是个废物，"
数字前的那个符号在沉思。
"想想无。我就是它的符号。
我是严寒的天气，零度。
在大雾天里天空是零。
想想无处可去。这就是我。
那些今天注定一无是处的人，
明天同样一无是处，
那些没有运气、工作、过错的人，
我是他们的符号和墓志铭，
鸭蛋：〇：
甚至是这些中最卑微的——那是我。"

当他们告诉没钱的人
"攒下你的钱"
那些没钱的人反唇相讥
"你能叫没吃的人
少吃一点？"

"时间的阶梯上永远发出回音
木屐往上走
擦亮的靴子往下走。"

鬼魂和有钱人交谈：

"你看到窗外有什么？"

"人民。"

"你看见镜子里有什么？"

"自己。"

"不过镜子也同样是玻璃，
只是它镀了层水银。"

印度人问："如果我是女王，
你是女王，谁去打水？"
土耳其人问："如果你是绅士，
我是绅士，谁去挤奶？"
爱尔兰人问："如果你是小姐，
我是淑女，谁去放猪？"

"那人给他的母牛戴上绿眼镜，然后喂她锯末。
也许母牛会相信那是草。
可是她不信。母牛因他而死。"

当马喘不过气，登不上陡坡，车夫喊：

　　　　"头等乘客，请坐好。
　　　　二等乘客，出来步行。
　　　　三等乘客，出来推车。"

怀恨的蝎子说："穷人恨富人。富人恨穷人。南方人恨北方
人。西部人恨东部人。工人恨老板。老板恨工人。乡下人
恨城里人。城里人恨乡下人。我们是一个分裂的家庭窝里
斗。我们是千万只手举起来互相反对。我们联合起来只为
一个目的——挣钱。我们挣到了钱，再用它挣更多
的钱。"

43. 新鲜的鸡蛋

我们说新鲜的鸡蛋我们指的是刚下的。
买卖严格意义上的新鲜鸡蛋
    我们指的是货真价实的。
如果鸡蛋有额外特殊的保证
    谁还多费口舌？
一个臭鸡蛋不能给糟蹋，
    精明的买主从售价
      就知道问价。
为什么他们说有的人"通晓
    宪法和鸡蛋的价格"？
平常出售的鸡蛋意味着它们
    都不是坏蛋。
鸡蛋市场上有人一语双关地评价一个买主：
    "他看不出鸡蛋是有斑点的。"
有瑕疵或脏污的鸡蛋自然会有
    相应的定价。
破裂的鸡蛋无法修补：他们自己
    就扔进了垃圾桶。
你是哪一种鸡蛋？？
就在今天或昨天有人说
    你是一个好蛋、一个坏蛋、
    一个不那么坏或难以归类的蛋。
阿加西用显微镜研究了鸡蛋：
    有骚乱、潮水、星座、彩虹；

"这是个袖珍宇宙。"①

58. 人民总在改变

人民，是的，
人民总在改变
从混乱到秩序
又回到混乱？

唐·马格雷戈的信这样收尾：
"在刽子手分开我们之前，我永远是你的。"

一个哲学家说：
"死亡叫我烦死，
我很想看看以后的事。"

对那些下死刑令的人，
一个死囚说：
"我们死，因为人民在睡觉，
你们也会死，因为人民会觉醒。"

两个希腊人，福西翁和德莫克利图斯相遇交谈②。
"总有一天你会把雅典人逼疯，他们会杀了你。"
"是的，他们疯了会杀我，同样肯定的是他们清醒过来就会

---

① 阿加西（Louis R. Agassiz，1807—1873），美国生物学家和地理学家。
② 福西翁（Phocion，前402—前318），古希腊政治家；德莫克利图斯
（Democritus，前460—前370），古希腊哲学家，提出过关于宇宙的原子理论。

杀你。"

64. 不管它多粗多细它是香肠

不管它多粗多细，你切它，它就还是香肠。

要是我能够我就愿意，要是我愿意我就能够，不过要是我不能够，我能怎么办？你能怎么办？

我从来不犯语法错误，不过这辈子犯过一次，刚一犯就发觉了。

当我要说他是个空想的推土机驾驶员时，我只是不知道他是个很棒的推土机驾驶员。

"你总是谈论自由，你需要自由吗？""我知不知道都一样，我知不知道都一样。"

"火车现在跑得顺多了。""是呀，现在我们出轨了。"

合唱队唱："他们牵着他的手，他们带领他去那土地，他是农夫，养活了他们所有人。"

"我听见房间里有夜贼。""等着，要是他找到什么值得偷的东西，我们从他手里抢过来。"

"你说过天是界限？""是的，我们不会去比天更高的地方。"

"那个侏儒不值得花一毛钱去看——如果他长脚的话会有五英尺高。""确实，先生，他是世界上最高的侏儒。"

　　　　海洋翻滚，从容平静。
　　　　海洋咆哮，发起疯癫。

　　　　蛤蜊和鱼的味道
　　　　　　出自海洋。
　　　　海洋看着平平常常

除非你想知道什么
除非你想知道
我们来自何方。

变化越多的事物越是没有变。
越坏的事物越好。
事物在没变坏之前不会变好。
当人人皆错时人人皆对。
人人皆错时无人要受责备。

远航后水手们开进了港口，
聚集在船长周围跟他告别，
他们完全领会他的意思，
就和以前一样听他咆哮：
　　"你们全都下地狱去吧，
　　我巴不得甩了你们才高兴。"
为什么他们还朝他喝彩，难道他是他们中的一员？

墨西哥人祝酒时说：
健康，金钱，时间，为了什么？为了花掉。

　有条古老的英国民谚："他剥了只
　　虱子的皮拿去市场卖。"
　　这被另一条古老的波斯谚语
　　超过了："他抢了顶跳蚤的帽子。"
　　意思是他算计得非常非常仔细。
　　他能坐下来盘算怎样才能
　　偷偷扑向一只跳蚤，抢下它的帽子，
　　然后迂回走到市场，
　　和某人交换什么，

那人有一只宠物跳蚤，
正愁着要顶帽子，
或者那人收藏跳蚤的帽子，
想要添入这件特别的样品。

你以为你是什么人？
你以为你从哪里来？
从你的头发到脚指甲盖
你混合了泥土混合了空气，
混合了燃烧的黄金和
圣达菲基督之血山
发出的紫光。
听听实验室里的人怎么讲
你的构成，怎么把你分解。
你重 150 磅，有 3 500 立方英尺的
气体——氧，氢，氮。
你有 22 磅 10 盎司的碳，
可以做成 9 000 支铅笔的笔芯。
你的血液中有 50 克铁，加上你身体里
其他部位的铁，可以打根钉子
能够承受住你的重量。
用你那 50 盎司的磷，可以做
800 000 根火柴，此外你身体里
藏着 60 块方糖，20 勺盐，
38 夸脱水，2 盎司石灰，
还散布着氯化钾、硫磺、盐酸。
你是一间行走的药房，也是一个宇宙，
一个走在孤独山谷里的幻影，
是人民之一，是奴才和顺民之一，
你很乐意这个问题有个

答案："你是什么，你是谁？"
人民之一看着太阳、雾、零度的天气，
　　看着火、洪水、饥荒，沉思
　　鱼、鸟、叶子、种子，
　　生命无存的兽皮和贝壳，
　　肯塔基纯种马优美的腿，
　　有耐性的军队骡子。

海洋以自有的方式呈现颜色：
55 英寻以下没有黑色①，
300 英寻以下没有红、蓝、白、灰，
600 英寻以下没有紫、绿、橙：
　　"黄色和棕色出现在一切深度。"

　　你的耳朵以上有什么？
　　你的脖子以上死了吗？
如果你不指望自己，别人也不会。
最可指望的是你帽子下面的东西。
　　你最好的朋友是你自己。
每个人为自己，迟疑者遭殃。
我是我的朋友中唯一可依赖的人。
　　我为了健康而不图生意。
　　我是匹孤独的狼；我自力更生。
　　我为我、我自己和伙伴。
谁说过你能在马路这边干活？

　　上帝喜欢窃贼也喜欢物主。
　　大贼吊死小贼。

---

① 1 英寻合 1.829 米。

让贼去捉贼。

不发薪水的办公室造就了一帮贼。

木匠被判罪，裁缝给绞死。

他准是杀了些人才得到那些财物。

他们会卖给你任何东西甚至蓝天。

你见过一个人把海洋卖给另一个人？

两个律师之间的农夫就是两只猫之间的鱼。

富人拥有土地，穷人拥有水。

富人的钱多了，穷人的孩子多了。

富人用婴儿餐巾，穷人用婴儿尿布。

大宅子里住小家庭，小屋子里住大家庭。

为什么死神抓走穷人的母牛富人的孩子？

77. 海底山脉纵横

海底山脉纵横。

所以海有多深

人们神秘的伤感和宿命有多深

海洋伤感的苦闷有多深。

幽长的地下墓穴长满苔藓，鱼在游弋，

海豚游弋时听得见它们的叫声。

这是遗失物和未领取的行李的贮存库，

是死者骸骨和死者衣箱的罗马竞技场，每个箱子里有一绺头
    发，一个小金盒子里藏着某人的一卷头发，一袋情书，一
    盒扑克，一份遗嘱，皮带、铜扣带和铜锁把箱子捆得结结
    实实。

87. 人民学习，弃学，学习

人民学习，弃学，学习，
是建设者，破坏者，再作建设者，
是摆弄木偶的魔术师。
　　眨眼之中，
　　闪电之中，
人民把侏儒变成巨人，
人民把巨人变成侏儒。

　　信仰随风传播
　　信仰成为习惯
　　信仰根深蒂固
为了一句坚定的誓言，
为了内心里闪耀的光明，
为了血脉中搏跳的梦想，
　　人们准备牺牲。

为了自由和权力他们死了
一个是火，一个是水
自由与纪律的平衡
是随着诱惑的变化而变动的靶子。

造反和恐怖付出了代价。
秩序和法律要有成本。
什么是火与水的双重应用？
知道这个谜的统治者在哪里？

用一只手的指头你就能数出他们。
一个懂得首先管好他自己的人民管理者常见吗?

一个自由的人，他愿为自己与他人的
　　自由而付出，而奋斗，而牺牲，
他知道一个有秩序的社会摆脱了暴君、剥削者与
　　合法的骗子，为此要使自己
　　接受纪律，懂得服从——
这位自由的人是一只珍稀的鸟儿，
　　当你遇见他时好好看一眼，
　　试着了解他，因为
总有一天地球上的美国
　　将运转得顺畅美好，
　　将比今天有更多的他那种人。

106. 睡眠是旅途中的休息

睡眠是旅途中的休息，
是月光照耀的草地上
影子消失留下的谜。
　　人民在沉睡。
　　哎! 哎! 人民在沉睡。
但是睡眠中的人翻来覆去，
睡眠到了头
沉睡的人醒来。
　　哎! 哎! 沉睡的人醒来!

107. 人民会生存下去

人民会生存下去。
学习，犯着错误，人民会生存下去。
他们会上当，被出卖再出卖
然后回到滋养他们的大地，守着根，
人民更新与复原的本事如此奇妙，
你不能对此一笑置之。
猛犸象在旋风式的表演之间需要休息。

人民这么经常地沉睡，疲倦，难以理解，
人民是个庞大的乌合之众，人人都在说：
"我得挣钱糊口。
我挣到足够的钱才能活下去，
这花掉了我所有时间。
要是我有更多时间
我可以为自己，也许还为别人
做更多的事。
我可以读书，学习，
和人交谈
寻找事物的根底。
这需要时间。
但愿我有时间。"

人民是悲剧和喜剧中的两副面孔：
是英雄和歹徒：是幻影和
受折磨的大猩猩用古怪的嘴巴哀叹：

"他们买我，卖我……鬼把戏……
总有一天我会挣脱束缚……"

　　　一旦开始前进
越过动物性需求的边界，
越过单纯为生存的残酷界限，
　　　人就来到
比祭奠死者更深沉的仪式，
比死亡更明亮的光辉，
思考万物的时辰，
进入梦想的时辰，
创作舞蹈，音乐，文学，
　　　一旦开始这样的前进。

在五官的有限感觉
与超越感觉的无限愿望之间
人民守着工作和吃饭的平凡要求，
当那光明来临，人民会伸出手
追求那超越五种感觉的光明，
追求超越欲望和死亡的永久纪念。
　　　这追求生气勃勃。
拉皮条的和骗子们破坏了它，玷污了它。
　　　但这追求生气勃勃
　　　追求光明，追求永久。

　　　　人民知道海里的盐，
　　　　知道风的力量
　　　　它抽打大地的每个角落。
　　　　人民把大地
　　　　当作休息的坟墓和希望的摇篮。

还有谁替人类大家庭说话？
他们与体现宇宙法则的星座
声调和步伐一致。

人民是一幅彩色画卷，
是光谱，是分光镜
安装在活动的独石碑上，
是安魂的管风琴，变幻着主题演奏，
是色彩缤纷的诗歌的彩琴①，
诗里海上升起雾，
雾化为雨，
拉布拉多的黄昏缩短②
为一首明亮星星的夜曲，
在短暂喷射的
北极光之上一派安宁。

炼钢厂的上空生机勃勃。
火焰发出白光，曲折地
射在一座黯淡的青铜像上。
人类来临的时光悠久。
人类终将胜利。
兄弟与兄弟终将并肩而立。

这古老的铁砧嘲笑了多少打碎的铁锤。
有不能被收买的人们。
火种就在家里的火中。

---

① 彩琴(clavilux)，一种管风琴，由美国人 Thomas Wilfred 于 1919 年发明并命名，可在演奏音乐的同时将与乐音相应的色彩投放到银幕上；这一发明未被广泛利用。
② 拉布拉多(Labrador)，位于加拿大东北部。

星星悄然无声。
你不能阻止劲吹的风。
时间是伟大的导师。
谁能活着不抱希望？

在黑暗中，怀着沉重的悲哀
　　人民前进。
在黑夜中，头顶着北斗七星，
　　人民前进：

　　　　"到哪儿了？到哪儿去？"

新篇章[①]
New Section
1950

写书的人为之而死

光明或没有光明，
所以他们站立等待
……写书的人为之而死。

为此有人被绞死。
为此有人被烧死。
为此两百万支蜡烛
　　燃尽熄灭。
为此有人被枪毙。

打开封面，他们在讲话，
他们在呐喊，他们像是
破门而出带着吼声和心跳。

　　傻子们：哎呀帽子掉了。
　　傻子们：哎呀谁写得更棒？
　　傻子们：我跟你说：
　　　　　　　　怎么啦？

你的书现在在黑暗里，光明熄灭了，
你的书现在在点燃的光明里，
　　从你的封面上滴下、滴下的是什么？
　　嘴唇轻声说的是什么？是遗失的风
　　　　　　　从你的封面徘徊而过？
写书的人为之而死——

我跟你说：怎么啦？

有没有通往自由的捷径？

一个残暴的人爱过法兰西，
那是在她懂得羞耻
去啃苦涩的尘土很久之前，
他爱她如爱母亲和恋人，
如爱自己的亲骨肉，
他怀着激情高讲，训诫：
"休息不是自由人民的词汇——
休息是君主的用词。"

一个残暴的俄罗斯人爱过俄罗斯，
那是在她懂得苦闷
在杀戮的血河中英勇豪迈很久之前，
他爱她如爱母亲和恋人，
如爱自己的亲骨肉，
他记得一句瑞典古训：
"火种在自家的火中。"

一位在肯塔基出生的伊利诺伊人
在通过黑暗与祈祷的旅程中发现了自己，
美国人民的总统①
以近乎悄悄话的口吻答辩：

---

① 指亚伯拉罕·林肯总统，后面的引言出自他 1862 年 12 月 1 日的致国会书。

"亲爱的公民们……我们不能逃避历史。

我们要经受严酷的考验

我们的荣耀和耻辱

都将被后代所铭记……

我们将崇高地挽救或平庸地失去

　　　　地球上最后也是最好的希望。"

接下来的四个词值得反复思索：

　　"我们必须解放自己。"

什么是奴役？谁是奴隶？

被束缚的人们？被欺骗的人们？被催眠的人们？

　　他希望看到他们自己

　　摆脱奴役

　　获得解放。

有为自由大声疾呼的人们。

有为自由悄言悄语的人们。

两者都有作为。

我，你，是否太沉默？

有没有易犯的沉默的罪行？

有没有通往自由的捷径？

（1941.12）

自由是一种习惯

自由是一种习惯

一件穿旧的大衣

有人生来就穿着它

有人从来不知道它。

自由是廉价的
或者又是像件大衣
如此昂贵
人们付出了他们的生命
而不放弃它。
自由令人困惑：
拥有它的人
常常不知道他们拥有
直到它消失
他们不再拥有它。
这意味着什么？
它是一个谜？
是的，首先它在
谜语的入门书里。
拥有自由不过如此：
你能和你不能：
行走的人只有在行走时
从不偏离他们的自由
才能够拥有自由；
跑步的人也拥有自由
除非他们跑过了头；
吃饭的人常常暴食了
他们吃的自由，
喝酒的人则暴饮了
他们美好的喝酒的自由。

（1943. 6. 13）

林肯长长的影子： 连祷文

（我们只有协调一致才能成功……既往和平时期的教条已不适
用于急风暴雨的当代。困难堆积如山的时刻，正是我们必须挺
身面对的时刻。我们的情况是新出现的，所以我们必须有新的
思想，新的行动。我们必须解放自己……1862 年 12 月 1 日总统
致国会书）

悲伤吧，冷静些，怀着友爱，
记住那些已化为梦的尸骨
在车辙和沟壑里化为神圣，
在平静的蓝色海洋下庄严的尸骨，
在大雨里被战争摧毁的脸孔。

如果你能，就作他们的兄弟吧，
他们已解脱了战斗的疲劳
每个人在大地上各自的角落里
　　或在八十米深的海底下
　　再听不到炮声隆隆，
　　再听不到洪钟敲响，
　　每个人有一腔情怀一个编号，
　　每个人有一肚子秘密，
每个人有自己的梦想和门道
而现在他们头上刮着无休止的风
　　唱着时间的医治创伤的低沉歌曲，
　　发出时间的催眠的喃喃絮语。

让你的智慧守卫你庇护你。

低声唱，高声唱，放声唱。
让你的笑声自由迸发，
记住向往的和平：
"我们必须解放自己。"

如果你能，就作他们的兄弟吧，
他们丢掉一切向前冲去
占领苦战赢得的阵线，
牢守苦战赢得的据点，
　　　而他们的报酬不过如此，
他们根本不想去谈论，
他们在沉默镇静中拿着军饷，
强烈难忘的记忆消失在无语中，
他们的功绩非语言所能形容，
他们的功绩凭苦战赢得。
　　　悲伤吧，冷静吧，怀着友爱。
　　　　　如果你一定要哭
　　　就放声哭吧，在祭坛面前
　　　　　没什么可害羞。

那些创伤非语言所能形容。
那些瘸腿的人并不像
许多健康行走的人那样颓丧。
　　　那些牺牲的青年
　　　垂下沉默的手腕
　　　他们紧闭的嘴唇
　　　含住了浩荡的歌声，
他们的功绩非语言所能形容，
他们的梦如同他们的牺牲
难以从容娓娓地道出，

他们献出了他们所能献出的一切。

　　那些尸骨似乎还活着，
怀着共和的梦想，
怀着人类大家庭的梦想，
他们曾遍布在一个缩小的地球上，
　　带着陈旧的时间表，
　　旧地图，旧路标，
　　被撕成了碎片，
　　被炸成了碎屑，
　　在烈焰里燃烧，
　　在屠宰场里绝望，
　　在瓦砾和灰烬中消失。

　　那些尸骨似乎还活着。
从花岗岩的坟墓里，
从青铜的棺椁里，
从岩石和青铜里挣脱，
走出白烟似的幽灵，
举起一只权威的手，
以值得为之赴死的梦想的名义，
以牺牲者的名义，他们的尸骨
　　吐露出那些值得为之赴死的梦想，
他们的功绩非语言所能形容，
难以从容娓娓地道出。

悲伤吧，怀着友爱，冷静些，
记住，在上帝之下，已化为梦的尸骨
在车辙和沟壑里化为神圣，
在平静的蓝色海洋下庄严的尸骨，

在大雨里被战争摧毁的脸孔。

低声唱，高声唱，放声唱。
让你的智慧守卫你庇护你。
让你的笑声自由迸发，
像一个给人安慰的扶助和支撑。

　　大地在笑，太阳在笑，
为了人类每一次明智的收获，
为了期望和平的人类
他们接受严厉而古老的教诲：
　　　"我们必须解放自己。"

（于1944年12月于弗吉尼亚州威廉斯堡的威廉与玛丽学院的圣母教堂朗读。1945年2月发表于《星期六晚邮报》。）

当死亡在 1945 年 4 月 12 日来临[①]

丧钟能不能在心里长鸣？
告知那时辰，告知那一瞬，
告知一个生命的沉寂的来临，
在那个午后沉寂来临，
现在黎明再不会到来。

现在黎明再不会到来，

---

　　① 1945 年 4 月 12 日，美国总统富兰克林·罗斯福（Franklin D. Roosevelt，1882—1945）逝世。

长鸣的丧钟反复讲述，
现在是大地鲜花盛开的季节，
是栽种马铃薯的季节，
现在他回去了，在这个时候
回归大地的沉寂，
回归尘土对尘土的音乐，
尸骨对尸骨的世界，
在那个午后，黎明再不会到来，
再听不到那嗓音，再看不到那面容。

丧钟一次又一次敲响，
在心里长鸣的丧钟讲述，
记住那第一次的告知，
那伟大的心停止了，离去了——
他们会永远记住
他们是你和你和我和我。

玫瑰与春天的花朵
将会抛撒在移动的灵柩上，
无尽的祭品来自地球远远近近的角落，
来自柏林前线的坦克
　　看不见的鲜花向统帅问候，
来自南太平洋的战斗岗位
　　无声的纪念品向统帅致敬。

在海底变白的尸骨，
在亚琛成堆腐朽的尸体①，

---

① 亚琛(Aachen)，为德国西北部城市，第二次世界大战期间在这一带曾发生激烈战斗。

他们也许会悄悄说：

　　"现在他是我们中的一个。"

　　在幽灵大军的王国

压抑的鼓声在答复。

丧钟能不能在心里骄傲地长鸣？

　　为了依然回响的嗓音，

　　为了还未忘却的面容，

　　为了还活着的背影与演讲，

为了让回音和光辉来得更强烈更深沉。

丧钟能不能在心里长鸣

和着报纸上的大字标题，

收音机里忧郁的安慰

缠绵不绝的悲恸，

合唱队唱着古老的挽歌——

　　"梦想者，入睡吧，

　　辛劳的人，长眠吧，

　　战士，休憩吧，

　　统帅，晚安了。"

(1945.6)

铁　锤

我曾经看见

古老的神走了

新的神来了。

日复一日
年复一年
偶像们倒下
偶像们崛起。

今天
我崇拜铁锤。

（1910）

风在路上

每一天都是最后一天。
我等待过明天
它从不到来。

海岸上被冲洗的沙滩
我们温存地待它，在上面写下
我们的名字。
　　沙滩消失了，露出来了，
没有明天，没有昨天。
　　一切在当下。

我听过女高音歌手在大教堂
高声低声吟唱光的颂歌。

我听过孤独的拉手风琴的人
高声低声奏响千变万化。

每一天都是最后一天。

　　　　明天是风，在路上。

（1920）

超　然

冬天落日的火焰，
在熏灼的阴影里
　　　你谈吐的是赤红与黄金。

在太阳和星辰之间
　　　昼与夜的独白，
你是位长者
　　　　　只有寥寥数语。

（1913）

尘　土

这里的尘土记得有一个时辰
　　　它曾是一朵玫瑰，夹在妇人头发里。
这里的尘土记得有一个时辰
　　　它曾是一位妇人，头发里夹着玫瑰。
啊，曾经的尘土，现在是别的
　　　你梦见、你记得曾经的日子吗？

（1913）

盒子与袋子①

盒子越大装得越多。

空盒子里装的像空脑袋里一样。

把小空盒子扔进大空盒子，数量足够多就能填满它。

一个半空的盒子说："再多扔一些进来。"

一个足够大的盒子能够装下地球。

大象需要大盒子装一打大象用的手绢。

跳蚤折起小小的手绢，把它们漂亮整齐地放进跳蚤手绢的盒子里。

袋子一个个互相靠着，盒子一个个独自站立。

方盒子有角，圆盒子有圈。

盒子可以摞在盒子上直到塌下来。

把盒子摞在盒子上，最底下的盒子说："如果你好心地留意，就
    会看到它们全压在我身上。"

把盒子摞在盒子上，最顶上的盒子说："我问你，我们塌了时谁
    摔得最远？"

盒子期盼着别的盒子，袋子渴望着别的袋子。

我们必须懂礼貌
（教儿童怎样应对特殊情况）

1

如果我们遇见一只大猩猩

---

① 这一首与以下三首是为儿童写的诗。

我们怎么办？
如果我们希望做的话
有两件事可以做。

对大猩猩
非常、非常有礼貌地说：
"你好吗，先生？"

或者，用不那么特殊的
语气对他说：
"喂，你干吗不回到
你来的地方去？"

2

如果一头大象敲你的门
向你要食物，
有两句话可以说：

告诉他房间里除了剩饭
就没有别的，他最好
去敲下一个门。

或者说：我们除了六筐马铃薯
就没有别的——这够当
你的早餐吗，先生？

算　术

算术就是数字像鸽子在你脑袋里飞进飞出。

算术告诉你你输了多少赢了多少，不过你得知道在你输你赢之
　　前你有多少。

算术就是三七二十一好孩子们坐飞机——或者五六捆火柴棍。

算术是从你脑袋里挤出的数字，到你手里到你的铅笔到你的纸
　　上，直到你得到答案。

算术是当答案正确时一切美好，你可以望出窗外欣赏蓝天——
　　当答案错误你不得不从头再算，看这一次会有什么结果。

如果你把一个数字加倍，再加倍，然后再加倍几次，这个数字
　　变得越来越大，翻得越来越高，只有算术才能告诉你这个
　　数字是多少，那时你决定停止加倍。

做算术你不得不用乘法——你把乘法运算表记在脑子里，愿你
　　不会忘记。

如果你有两块动物饼干，一块好吃，一块不好吃，你吃了一
　　块，满身是条纹的斑马吃了另一块，如果有人送你五六七
　　块，你说不要不要不要，你说别别别，你说够了够了够
　　了，那时你有多少动物饼干？

如果吃早餐时你向妈妈要一个煎蛋，她给了你两个，你全吃
　　了，那么谁的算术更好，你还是你妈？

小姑娘，要当心你说的话

小姑娘，当你吐字交谈，

要当心你说的话，字——

字是由音节构成的，

而音节，孩子，是由语气构成的——

而语气是这样细腻——语气是上帝的呼吸——

语气比火和雾还要精致，

比水和月光还要精致，

比月亮上的斑纹还要精致，
比早晨的睡莲花还要精致：

字也很强悍，
比石头和钢铁还要强悍，
比土豆、玉米、鱼和牲口还要强悍，
它也很柔弱，柔弱得像小鸽子蛋，
柔弱得像蜂鸟翅膀发出的音乐。

所以小姑娘，当你致欢迎辞的时候，
当你讲笑话、祝愿或祈祷的时候，
要当心，别担心，要当心
做你希望成为的人。

这条街从不入睡

在四十二街和百老汇大街的
这个拐角①
从一大清早
就是脚步和车轮
车轮和脚步。

地面发出喊叫：
"我们给明天什么都不留下。"

"明天为我们做了什么？"
这是质问，
从一大清早

——————————

① 指纽约时代广场。

就是脚步和车轮
车轮和脚步。

有个傻瓜睡在
四十二街和百老汇大街。
他知道的极少
他几乎什么都不知道。
他只知道荒野在等待
他知道荒野会来到：
从一大清早
就是脚步和车轮
车轮和脚步
在四十二街和百老汇大街。

数 字 人

（为约翰·塞巴斯蒂安·巴赫的幽灵而作①）

他生来对数字感到好奇。

他用五平衡十
让他们睡在一起
彼此相爱。

他拿起六和七
让他们为了骨头

---

① 约翰·塞巴斯蒂安·巴赫（Johann Sebastian Bach，1685—1750），德国作曲家。

吵架斗殴。

他从熟睡的婴儿中
唤醒了二和四
又哄他们重新入睡。

他调教八和九，
给他们挂上先知的胡子
叫他们走进雾里山中。

他把他知道的所有数字相加，
再乘以新发现的数字，
他称之为数字的祈祷。

为了一百万个沉默的零
他给每一个都寻找到一个配对的数字
作为黑暗里的烛光。

他知道爱情的数字，幸运的数字，
知道大海和星星
怎样由数字构成和维持。

他死于对摆弄数字的好奇中。
他说再见仿佛再见是一个数字。

1950—1967 ①

1964 年新年前夜的纽约时代广场

---

① 桑德堡去世后，有关人员将作者在 1950 年后出版的三本著作中添入的新诗作与诗集《蜜与盐》合并为此分集，加入桑德堡于 1950 年出版的《诗全集》中，更名为《卡尔·桑德堡诗全集》，于 1969 年出版。

桑德堡之域
（The Sandburg Range；1957）①

洗　脑

重复，重复，直到他们说
你说的话。
重复，重复，直到他们在你的重复面前
无能为力。
一遍又一遍地说直到他们的脑子
只容得下你说的话。
温吞地说，叫喊着叫喊着说，
再换回悄悄地说，变换花样地重复。
一天接一天，一小时接一小时来来回回地说，
直到他们说你叫他们说的话。
把一个人脑子里的 ABC 洗掉，换上 XYZ
——就这么做。

遗忘的吻

　　我们会流泪

---

　　①　《桑德堡之域》为桑德堡各种著作的自选集，在诗歌部分中添入了少许新作。

但不会泪流在一起。
伤害已经过去
双方都有过错
伤害已被忘记
过错在吻中消失
和吻一起被遗忘。

血库诗篇

（他从一个人造出了万族，使他们居住在地球各地。——《圣经·新约·使徒行传17：26》）

日落是鲜红的，日出是鲜红的，
　　升起红色的弯月
　　穿过黑夜
　　沉下红红的月色。
罂粟红属于女人歌唱的唇。
红润的脸色属于真心相爱的人。
红鸟的羽翼快速飞掠。
　　红色是红衣主教的帽子。
　　红色是共产主义者的旗帜。
救护队员右臂袖章上的标志是红十字。
　　外科医生、护士、救护车，
　　医院帐篷、医疗船——
　　处处是红十字的标志。
多少鲜红的血液倾注
　　　在一起，在一起
　　　混合为一体，

在安静的共享中混合，

天主教徒的血与新教徒的流在一起，

白人的血与黑人的汇在一起。

嘲笑的人、有罪的人、拒绝的人

从基督徒的血里获得力量与休憩①。

基督徒从盗贼、娼妓、渎神者的血中

获得救助与安宁。

深思，深思吧，兄弟，

深思，深思吧，姐妹，

鲜红，鲜红，

红色的人类血库。

（1955 年 6 月在波士顿艺术节朗诵；发表于 1955 年 9 月 2 日出版的《柯里尔》 [Collier's] 周刊。）

与死亡相识，先生

与死亡相识，先生，

由冰而来的死亡缓慢，先生，

由火而来的死亡迅速，先生，

有由钟表指针爬着来的，

有片刻崩溃而来的。

人的尊严可以保持，先生，

当一个人缓慢死去，证人

和所爱的人聚集在清洁的床单旁

有时间记录下临终的遗言：

---

① 嘲笑的人、拒绝的人，指对基督教持嘲笑和拒绝态度的人。

人的尊严可以保持，先生，

一个小伙子死在结冰的泥里没人看见，

一个小伙子戴着身份牌死在硫磺岛的硫磺尘埃里

　　一颗子弹砰一声瞬间要了他的命①，

后来的记录上写着"失踪"了，

再后来官方档案里不可更改地

称之为"死于作战"。

　　这里是两种人的尊严，

　　一种比另一种更易于看到，

　　一种更易于被遗忘，长久被遗忘：

　　　　夜晚古铜色的阴影

　　　　与深不可测的蓝色的雾

　　　　一种静谧与满足

　　　　永远伴随着未被遗忘的人。

谢南多厄之旅②

有一天我会去谢南多厄。

（时间还没有写上月历。）

我不会再去看罗伯特·李的坟墓

横卧在白色大理石中③，

也不会再去那山谷，谢里丹在那里数过

---

　　① 硫磺岛，日本南部的一个火山小岛，1945 年 2—3 月美军与日军在此激烈交战，美军伤亡惨重，最后占领该岛。

　　② 谢南多厄(Shenandoah)，位于弗吉尼亚州。

　　③ 罗伯特·李去世后葬于弗吉尼亚州。

有二十二个谷仓给烧掉了①
也不再叙述在那些日子里
聪明的乌鸦得自带食物飞落到这个山谷。
我要看满山苹果花，
果园把粉红色铺上了长长的山坡，
到处是一堆堆飘雪似的花瓣，
远处隐隐的流水
永远秘密地在平坦的岩石上滑过……
在向岩石诉说它知道的一切……
我会懂得那被疏忽的铃声。
我将不再记得我那些艰深的语言，
返回去只说庄重的单音节词。
在樱桃溪、哈普斯渡口或圆顶山
我会听到鸫鸟在橡树和栗子树上鸣唱，
在下雨的四月的早晨，大地举行它的圣礼，
在忧伤的雨的笛声中，心灵的创伤消失。

安慰奏鸣曲

杨树在做梦，
它们的梦平静或震撼：
它们从来没有走出梦：
它们生来为了这梦。

: :

---

① 菲利普·谢里丹（Philip H. Sheridan，1831—1888），美国内战时北方军
的主要将领之一，是最早在战争中实行"焦土政策"的人，曾下令摧毁谢南多
厄山谷的农业，以断绝南方军队的粮食供应。

：：
奉献是一朵花
也可以是多种植物
或者两者都不是，
既不是可见的燃烧的玫瑰
也不是可餐的新鲜马铃薯：
　　它是一个人心激动的时刻
从许多早先时刻的碗里
　　　溢出来。
　　　　　　：：

　　　　：：
所有监狱都有纪念册：
犯人们靠记忆活着——
他们忘记的都消失了——
他们任凭忘记的东西消失——
他们一遍一遍筛掉它们，
挑拣，选择，保留了这个那个，
留下纪念册赖以为生：
这发生在所有监狱。
　　　　　：：

　　：：
活得丰富多彩很好：
拒绝了很多也很好。
你也许会有一袋黄金：
你可能会要一袋花生米。
吃饱了，不太饱，饿肚皮
整个生活即：是与否，是与否。
　　　　　：：

：：
太阳燃烧它的黄金
这是给你的
——家和母亲。

黑夜展现它的星星
这是给你的
——书和祈祷。

收获诗篇(Harvest Poems； 1960)[①]

给我们任命一个王

给我们任命一个王
他会万寿无疆——
一个花生大王，一个土豆大王，
一个垫圈大王，一个铜钉子大王，
一个纸糊的王戴着纸糊的王冠，
一个纸糊的王后佩戴纸糊的珠宝。

给我们任命一个王
这么漂亮，这么结实，这么坚固，
他会万世永存——
所有拍马屁的都是老实人，
他们告诉王："OK，领袖，你会

———————————

[①] 《收获诗篇》为桑德堡诗歌的自选集，添入了少许新作。

万世永存！万寿无疆！"
他们告诉一个洋葱大王，一个核桃大王，
一个拉锁大王，一个口香糖大王，
任何一个强化的合并的辛迪加大王——
王听着马屁精告诉他
他会万寿无疆，他如此漂亮，
　　　如此结实，如此坚固，
OK 的领袖永远不会去啃土，
永远不会倒下成为蛆虫的三明治——
　　　哪像我们这些消费者，
　　　哪像我们这些消费者。

红 与 白

当冬天狂风呼啸，白雪在篱笆在暴风的门上飞舞，
　　　没人会采摘一朵红玫瑰。
当夏天的玫瑰在花园和墙角里开得红艳温馨，
　　　没人要看梦幻般的雪雕。
啊，我爱过红玫瑰，我爱过白雪——
　　　冬天和夏天梦一样变换——玫瑰和雪。

在国会大厦的圆顶下

那里有些人今天谈论混乱
似乎昨天就有秩序
没有混乱。

那里有些人今天指责混乱
似乎给他们一个机会
明天就能变混乱为秩序。

那里有些人发现混乱中有利可图
他们就兴致勃勃地
乱上添乱。

那里有些人指望明天有另一场混乱
接替今天的混乱，
而且两场混乱互不相同。

出生的混乱过后
是如何活下去的混乱
直到最后一刻心静止了
从所有以往的混乱中
完全彻底解脱出来。

当一种混乱转化为另一种混乱
便有死亡与新生
只有跨越时间和沉默
新生的混乱才被人所知。

一种混乱产生于
看见了莫须有的东西
与其酷似的混乱
引发于听见了莫须有的消息。

当一名见证者说
他看见的事情里存在混乱

所以他并不能确定他的所见，
他也许是个严谨老实的见证者。

优美的日出，优雅的日落
流光溢彩，千变万化
这混乱组织得恰到好处。

夜晚的星辰和星座
　　有秩序地运行
用强大的望远镜观察
　　只见狂放恣肆烈焰腾腾的混乱。

风歌（Wind Song；1960）[①]

古老的海洋吟唱

在这古老的海洋吟唱声里
在这古老的经久不绝的吟唱声里
这古老的经久不绝的妈妈—妈妈—妈妈的
摇篮曲唱过黑夜唱过白天
我们注视　我们倾听
我们躺在海边，听到
太多洪亮的钟声　太多悠长的锣声
太多的哭泣为了消逝的太阳

---

① 《风歌》为桑德堡诗歌的自选集，收入了适合儿童阅读的作品，并添入了少许新作。

太多的欢笑为了光明鲜活的太阳
在拍击和荡漾中交融变幻
在海底流动　在海面蜿蜒
在妈妈—妈妈—妈妈的古老吟唱声里
它们以臂膀和声音升腾
腾入旋舞的光芒之中

海的智慧

海永远是海
海永远是创造者。
海正在创造什么，你问海，
得到回答，你就会明白。
海知道自己的重要性。
当海知道了你的重要性，
　　　　　　它就会回答。

夜　歌

带给我明亮的花朵
它开放在金色月光的草地——
让我拥有地平线上
落月的黑色黄金——
为我倾倒黎明的杯盏
光华四射，淋漓酩醉——
人们把夜当作变换的场景

习以为常，纵然千金难买
却已付过钱

准备好了

大地准备好了
为着你将返回大地。

大海准备好了
为着你十分之九的所有是水
盐的咸味会牢牢粘在你的舌尖。

天空准备好了
为着空气，空气，如此为你所需——
你将回去，回到天空。

蜜与盐（Honey and Salt；1963）[①]

过去，朋友

早晨的门必须打开。
夜晚的钥匙没有扔掉。

---

① 《蜜与盐》为一部全新的诗集。

我喜欢早晨，知道它的门。
我喜欢夜晚，懂它的钥匙。

做梦的傻瓜

我是第一个傻瓜
（我这样梦见过）
世界上所有的傻瓜
　　都集中到我身上
　　我成了最大的傻瓜。

别人只在早晨或晚上
或星期六是傻瓜
或者在单数日比如星期五、十三号是傻瓜，
而我——整个星期每天都是傻瓜
睡觉的时候我就是睡着的傻瓜。
（我这样梦见过。）

卡霍基亚①

印第安人看见蝴蝶
从茧子里钻出。
对于他这就足够了。
蝴蝶有翅膀，自由。

----

① 卡霍基亚(Cahokia)，位于伊利诺伊州南部，为印第安人居住地。

印第安人在春天看见花
从泥土长出。
他看见下雨打雷。
对于他这些就足够了。

他看见了太阳。
他并不崇拜太阳。
对于他太阳是一个符号，一个象征。
他向太阳背后的东西鞠躬祈祷。
他为太阳的创造者和推动者唱歌跳舞。

榆叶骨朵儿

榆叶骨朵儿长出来了。
昨天早晨，昨天夜里，
　　它们爬了出来。
它们是早春风中的
　　小老鼠。

北方的天空是灰色的。
冬天把灰色挂在天上，
　　衬得灰榆树幽暗地挺立。
这会儿在早春的风中
　　树梢上爬满了黄色金色的
　　小老鼠。
行动的小老鼠，爬出来
　　携带一片片叶子。

孩 子 脸

嘴唇奇妙柔软
像远远的一弯月牙，
渐渐淡去的紫色海洋上一抹白色。
"它在那里吗？那么远，是真的吗？
还是我的眼睛在捉弄我？"

放一根手指就可以遮盖它，
遮盖小小嘴唇的白色渴望，
它像一弯白色的月牙
可以从蓝色的海面摘下
放在爱的信里寄出。

在一个早春的夜晚
一张孩子脸一度浸润在月光里。

雾的号码

出生是激情的起点。
激情是死亡的开端。
你怎能从出生退回？
你怎能对热望说否？
你怎能命令死亡止步？
当思想产生了抓住了你

当梦出现了震撼了你
你能做的难道不是拥有它们，使它们
　　　成为你自己的？

　　　当然，五分钱就是五分钱，
　　　一毛钱就是一毛钱——没说的——
　　　我们知道——
　　　现在提它干吗？
　　　当然，钢就是钢；
　　　铁锤就是铁锤；
一种思想，一个梦，远胜于一个名字，
　　　一个号码，一个固定的点。

　　　　　………

现在走在午夜的雾里，对它说：告诉我
　　　你的号码，我就说出我的。
早晨的太阳落在一溜河雾上，向它致敬，
　　　告诉它：我的号码是多少多少——
　　　你的呢？

雾的起点是什么？
红太阳的开端是什么？
很久以前——如同现在——没有几个男女
　　　在骨子里懂得这些蹩脚问题的
　　　痛快和痛苦。

夜晚的海风

太阳像一块黄金和玻璃的圆卵石落下了
熔化的黄金流走了
海面承载着五艘船，一支五重奏，
笼罩在黄铜色雾霭中。

  在青铜和紫铜色航道上
   出现了酱紫色，出现了炮铜色的薄暮。
一片白马状的流云
遇到一股风变为一只小羊，
风会温柔变幻遇到的一切，
变小羊为六条白蛇，
变蛇为一团羊毛。

  太阳的金卵石，雾霭中的船
   融入了茶色的高墙，墨汁的池塘
  和一阵渐渐消失的咒语①。
  两个烟圈，两只夜雾的手镯
  仿佛在告诉我们和它们自己：
   "我们融合，飘走，然后
     再融合，飘走。"

收　获

九月玉米黄了，挺立着，

————————

 ① 咒语，指潮汐。

258

红色的花熟了，闪耀在玉米秆之间，
红色的须子爬在粗大的玉米棒之间，
高高的花穗昂扬在一切之上

不停地歌唱
献给大草原
和风①。

它们庄严而孤独
它们从来不和玉米棒一起
被收获。

它们被砍倒
堆高
烧了。

它们的火焰
照亮了十一月的西部。

名声如果不是财富

给个吉卜赛手里塞五毛钱
她告诉了我这个还有那个：
你会在车轮下粉身碎骨，
给鞭打进牢房，命运残酷，
成个一钱不值的东西，

———————

① 红色的花指生长于玉米果实即玉米棒顶端的雌花，红色的须子为雌花的花柱；花穗指生长在玉米秆顶端的雄花。下文中"它们"指玉米秆。

给人杂耍逗乐，

　　成个小孩的气球给脏旗子

　　　　刺破，成个夏天公园里空空的

　　　　爆米花袋子。

不过雪茄制造商会用你的名字命名上等的哈瓦那雪茄，

　　在盒子上贴上你的照片，

那些穿着红色棕色的骑师胯下汗淋淋的赛马

　　将标着你的名字，

警察会给陌生人指路去纪念你的

　　公园和学校。

密歇根湖的早晨

蓝色与白色涌现了，

一个初秋早晨的骑手们，

蓝色与白色，不约而至。

一种嫩羊的白色

横过清澈的蓝色水面。

蓝色浪花在白沙滩高谈阔论。

从雪白的群山吹来的水①

遇上了低地湖泊里蓝色的波涛。

这是个价值千金的清晨。

　　蓝色碗中的白色水

────────────

①　指水蒸气，在湖面遇冷形成雾，即下文中"白色水"。在秋冬季，密歇根湖上常出现浓雾。

自行倾入白色碗中的蓝色水。
进进退退，又亲又恨的
　　冲撞融汇。

功　课

四月初树
结束了冬天的等待
绿色爬上了枝条。

　　　：：
　十月初树
　倾听风的呼喊，
　叶子卷成漩涡。

　　　　：：
　　夜晚河面
　　撒满了星星
　　夏日花朵的静谧
　　坠入流水。

　　　　　：：
　　　带着一颗童心洁净地来了。
　　　笑得像夏季风里的桃子。
　　　把屋顶的雨当作一首歌。
　　　让你的面容
　　　　散发六月末苹果园的气味。

　　　　　：：

月亮回旋曲

"爱情是一扇门，我们要一同打开。"
他们在月下相互告知
那晚风里飘着
叶子生长的气味
玫瑰和马铃薯花初开的气味。

夜深了
他们久久注视月亮，把它叫
一粒银扣子，一枚铜币，一个铜牌，
一块黄金，一顶消失的王冠，
一顶从海里捞出的湿淋淋的将军帽。

    "像我们这样的人
       我们俩，
     我们拥有月亮。"

高潮时刻

保存这朵花，记住我。
    她告诉他。
保存它，记住我，记住。
把这朵花放在你永远不会遗忘的地方。
把我放在时间停止的地方。
然后返回清晰的记忆。

夜，夜就是一朵经久的幽暗的花。
她说夜懂得深刻的记忆，
所有的花都是某种记忆
　夜自我保存如同
　　　许多柔和幽暗的花。

　　寻找我，像夜一样去寻找。
　　她这样自我打量。
　　留着我，像夜一样留人
　　我身心的深处有夜。

　　肉体是一种命运一座监牢。
　　肉体囚禁的仅仅是肉体。
　　　不过风会说话，
　　　浪花，火焰，风，
　　　微弱的声音难以捕捉
　　　只保存在记忆里
　　　那失去的星星的光辉，
　　　手伸向圆圆的月亮。

　　让我们不厌其烦地谈论它
　　扣上奶油金色的扣子
　　为我们拥有愤怒和自尊而骄傲，
　　记得总有一天至高的爱翱翔
　　凝结着过去的时光。

　　我记住了那些高潮时刻。
　　它们一次次在我身心翻腾。

木 乃 伊

血是血，骨是骨。
血全是红的，骨全是白的。
出生是开端。
死亡是终结。
　　　线条与色彩华丽重复的主题
　　　构成了法老木乃伊最终的外观
　　　企图以别出心裁的魅力确凿证明
　　　血还在那里，骨还在那里。
然而，所有优美的图案都是枉然，
血已干如尘土，骨不再回应
要他们起立行走的呼声。

有些法老生来具有一个名字，
一个不止一行文字的名字。
有些法老在音乐与悲伤中死去，
长眠在悉心撰写的墓志铭下。
到头来他们和下等人、贱民、芸芸众生
终结于相同的对所有人奏效的民主，
这民主忠实于每个人，把高贵者和卑贱者的
血液和尸骨化为顺从的尘土。
这是时光蛆虫为民主庄严的死亡
唱的颂歌：尘土归于尘土。
对所有人，下等人和出身名门的人，
诱骗、赛马、喧哗，统统结束了。
他们不再为生计操劳。
他们不再接受施舍。

永远的探索者

手指翻动书页。
书页展开如一幅画卷。
有过一个时候没有美国。
然后画卷上出现了一个早期的
　　美国，一片初始的大陆，
　　美国人诞生了。
接着出现了一个后期的美国，探索者
　　和发现者，探索者永远多于
　　发现者，永远在风暴与梦想中
　　探寻它的路。

为平静心灵的古老音乐

啊，池塘，平静如同以往
啊，池塘，蔚蓝，平静
蓝如以往　静如以往
啊，万物共享的池塘

一只鸟可以来到
掠过，飞走
　　一片黄叶可以落下
　　可以沉没，加入
　　一池落叶

蓝天的映像
夜晚的星辰
在你的蓝色之上　平静之上
远远流过　流逝
啊，万物共享的池塘

啊，池塘，现在拿住你平静的杯盏
现在保持你澄澈的蓝色
　　它们来了　它们去了
　　一个，每一个
　　你认得它们每一个
　　它们不认得你
也不知你澄澈的蓝色
唯一知道为平静心灵的古老音乐。

卡尔·桑德堡年表

1878　1月6日出生于伊利诺伊州盖尔斯堡。父母是瑞典移民。父亲奥古斯特·琼森是铁匠，在芝加哥铁路公司工段做工。由于工段里姓名相似的瑞典人很多，他的父亲改姓为桑德堡。

1891—1897　离开学校；先后做过牛奶车夫，理发馆的侍者，堪萨斯的农场工人和砌砖工，丹佛酒店的服务生，奥马哈的运煤工等。

1898　志愿参加伊利诺伊州的第六步兵团，赴波多黎各参加美国与西班牙的战争近一年。桑德堡写的战争报道刊登在《盖尔斯堡晚邮报》上，这成为他发表的第一篇作品；他于1953年出版的《永远是陌生的年轻人》里回忆了他的战争经历。

1898—1902　进入盖尔斯堡伦巴学院学习，半工半读四年，这期间写作了很多诗歌和散文，但未发表；1902年，没有毕业即离校四处打工，游历。

1907　居住于威斯康星州密尔沃基市，靠为几家报纸撰稿为生，并成为社会民主党的活跃分子。

1908　与著名摄影家爱德华·史泰钦的妹妹莉莲·史泰钦结婚；二人育有三个女儿。

1910—1912　担任密尔沃基市社会党市长的秘书。

1912—1930　居住于伊利诺伊州芝加哥市郊区，当记者。1914年诗歌《芝加哥》在著名文学刊物《诗刊》发表并获好评后，开始专注写诗。诗集《芝加哥诗

集》（1916）、《剥玉米的人》（1918）、《烟与钢》
（1920）、《太阳暴晒的西部石块》（1922）相继出
版，为桑德堡奠定了在芝加哥新兴文学流派中的
重要地位；《剥玉米的人》于 1919 年获美国普利
策诗歌奖。

创作、出版了三本儿童文学作品：《鲁特伯格故
事》（1922）、《鲁特伯格的鸽子》（1923）和《土豆
脸》（1930）。

1926　经多年研究、撰写林肯传记《亚伯拉罕·林肯：
草原岁月》出版。

1927　经多年收集、整理的《美国歌谣集》出版，含 290
首歌谣的乐谱和歌词。桑德堡经常在各地巡回演
出，边弹吉他边唱这些歌谣并朗诵自己的诗歌。
诗集《早安，美国》出版。

1930　迁居密歇根州。

1936　诗集《人民，是的》出版。

1939　《亚伯拉罕·林肯：战争岁月》出版，次年获普
利策历史著作奖。

1942—1945　第二次世界大战期间，为美国战争情报办公室做
国外新闻报道，还为很多政府方案执笔。

1945　迁往北卡罗来纳州福莱特洛克市附近的一座农
场，在此居住直至去世。

1950　《诗全集》出版，此书汇总了桑德堡以往出版的
六部诗集，并含部分新作；此书于次年获普利策
诗歌奖。

1959　2 月 12 日在美国国会举行的林肯总统 150 年诞辰
纪念仪式上发表致辞。

1963　诗集《蜜与盐》出版。

1967　7 月 22 日自然去世，享年 89 岁。在首都华盛顿林
肯纪念堂前举行的悼念仪式上，在任总统林登·

约翰逊致辞："卡尔·桑德堡不仅仅是美国之声，不仅仅是代表美国力量与天赋的诗人。他就是美国。"桑德堡的骨灰安葬于他出生所在的房屋后的花岗岩下。

（邹仲之　编写）

译者说明

    1. 本书 206 首诗选译自《卡尔·桑德堡诗全集》(*The Complete Poems of Carl Sandburg – Revised and Expanded Edition*, Harcourt Brace Jovanovich, 1969 年出版)。该书收入了桑德堡生前出版的诗集以及其他著作中含有的全部诗作。本书诗排序同原书。桑德堡曾在 1960 年出版诗歌自选集《收获诗篇》,本书收入了其中的绝大多数作品。

    2. 赵毅衡先生曾于 1987 年翻译出版《桑德堡诗选》(人民文学出版社),尽管篇目较少,但为读者了解和欣赏桑德堡的作品打开了一扇窗口,也为本书提供了可贵的参考和借鉴。

    3. 本书的脚注均为译注,主要参考了维基百科(英文)。

    4. 本书里八幅照片,均下载自网络,遗憾的是有关摄影年代和摄影者的信息不完整。

    5. 本书是我和宋佥先生继《草叶集》、《卡明斯诗选》和《兰斯顿·休斯诗选》后的第四次合作。我非常感谢他作为责任编辑而为本书付出的一切努力,尤其是他出于对诗歌的热忱和独特理解而为本书撰写的前言。

邹仲之

2016 年 12 月

图书在版编目（CIP）数据

桑德堡诗选／（美）桑德堡（Carl Sandburg）著；
邹仲之译.—上海：上海译文出版社,2018.7
书名原文：Selected Poems of Carl Sandburg
ISBN 978－7－5327－7659－7

Ⅰ.①桑… Ⅱ.①桑…②邹… Ⅲ.①诗集—美国—
近代 Ⅳ.①I712.25

中国版本图书馆 CIP 数据核字（2017）第 280197 号

Carl Sandburg
Selected Poems of Carl Sandburg

桑德堡诗选
［美］卡尔·桑德堡 著 邹仲之 译
责任编辑/宋 金 装帧设计/胡 枫

上海译文出版社有限公司出版、发行
网址：www.yiwen.com.cn
200001 上海福建中路 193 号 www.ewen.co
江阴金马印刷有限公司印刷

开本 890×1240 1/32 印张 9 插页 5 字数 80,000
2018 年 7 月第 1 版 2018 年 7 月第 1 次印刷
印数：0,001—5,000 册

ISBN 978－7－5327－7659－7/I·4694
定价：65.00 元